RÉCITS ANECDOTIQUES
(Campagne 1870-1871)

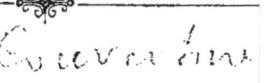

I0655211

SEPT CENTS LIEUES EN SEPT MOIS

A TRAVERS

LA FRANCE

LA BELGIQUE & LA SUISSE

PAR

Le docteur C. AMANIEU

ILLUSTRATIONS DE J. AMBROISE ET E. JUILLERAT

AVEC

PARIS

L. SAUVAITRE, Éditeur

LIBRAIRIE GÉNÉRALE

72, BOULEVARD HAUSSMANN, 72

1888

SEPT CENTS LIEUES EN SEPT MOIS

A TRAVERS

LA FRANCE

LA BELGIQUE & LA SUISSE

C'était un charmant cavalier... — (Page 270)

RÉCITS ANECDOTIQUES

(Campagne 1870-1871)

SEPT CENTS LIEUES EN SEPT MOIS

A TRAVERS

LA FRANCE

LA BELGIQUE & LA SUISSE

PAR

Le docteur C. AMANIEU

ILLUSTRATIONS DE J. AMBROISE ET E. JUILLERAT

AVEC

CARTE ITINÉRAIRE DRESSÉE PAR M.-B.-L.

PARIS

L. SAUVAITRE, ÉDITEUR

LIBRAIRIE GÉNÉRALE

72, BOULEVARD HAUSSMANN, 72

—

1888

Imp. Paul DUPONT, 24, rue du Bouloi. (Hôtel des Fermes

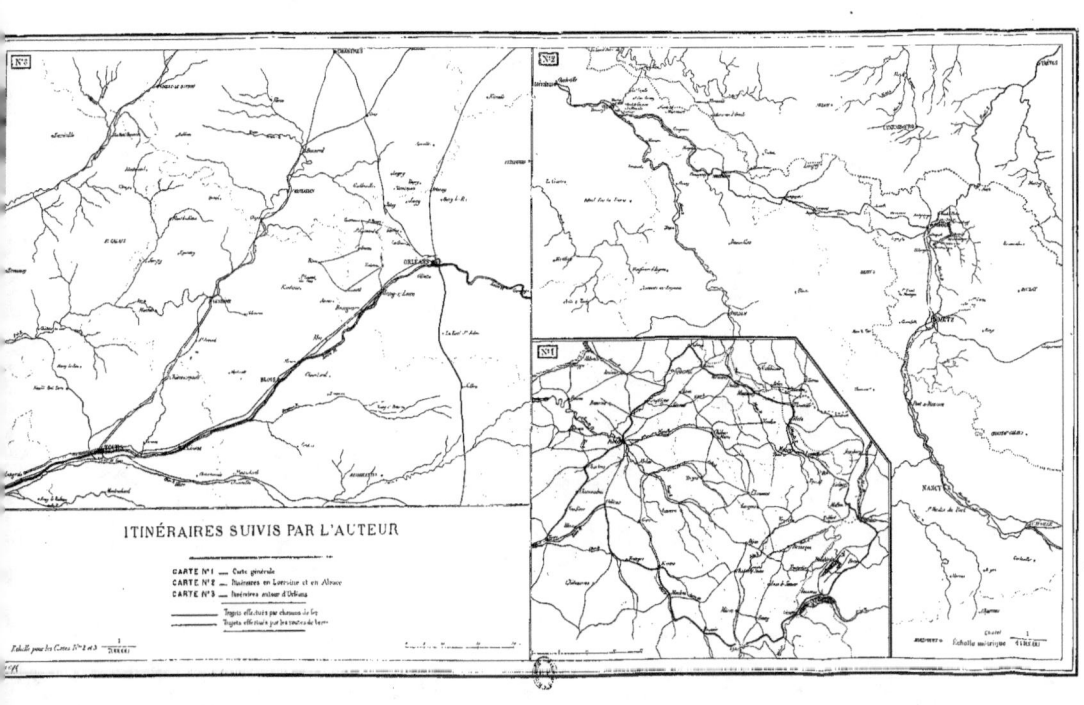

ITINÉRAIRES SUIVIS PAR L'AUTEUR

CARTE N° 1 — Carte générale
CARTE N° 2 — Itinéraires en Lorraine et en Alsace
CARTE N° 3 — Itinéraires autour d'Orléans

— Trajets effectués par chemin de fer
— Trajets effectués par les routes de terre

PRÉFACE

Ce livre n'est pas le récit militaire propre-
ment dit d'une campagne, ni la description
pittoresque de tous les pays parcourus, encore
moins un amas d'observations techniques. Il
contient cependant un peu de tout cela.

Je l'ai parsemé d'une série d'anecdotes dont
les sujets ont été vus ou entendus par moi.
Malgré son absence de prétentions, l'histoire
sérieuse pourra même y trouver quelques
points de repère, quelques lueurs capables
d'éclairer certaines questions. J'y ai raconté

les mœurs intimes de nos voisins et les nôtres pendant la guerre.

J'ai été sincère.

S'il n'a pas paru plus tôt, c'est un peu par négligence, beaucoup par suite des soucis de la profession. D'ailleurs, par sa constitution même, il n'était pas nécessaire qu'il parût à date fixe.

Paris, le 4 septembre 1887.

DE PARIS A MONTMÉDY

I

Au Palais de l'Industrie. — Sac au dos. — Émotion incomprise. — Gare du Nord. — En wagon. — Saint-Quentin. — Rivalités de deux villes. — Nos places fortes. — Sombres présages.

Vingt médecins, quarante infirmiers constituaient la Septième Ambulance Internationale. Le jeudi 25 août 1870, à 1 heure de l'après-midi, nous étions réunis dans la cour intérieure du Palais de l'Industrie, prêts à voler, comme nos devanciers, au secours des victimes de la guerre, si légèrement déclarée à la Prusse par l'empereur Napoléon III. Deux robustes chevaux nous attendaient, attelés à un vaste fourgon à Croix rouge qui renfermait les appareils et les divers objets de pansement.

L'une des ambulances qui nous avait précédés ayant perdu ses cantines, on avait jugé prudent de lier notre bien à notre dos : nous portions le sac.

Est-ce à dire que nous ayons fait ainsi toutes nos étapes ? Non. Nous chargeâmes de nos sacs le fourgon d'abord, puis une petite voiture traînée par une mule. En cas de nécessité nous pouvions les reprendre. C'était une bonne idée, par conséquent, d'avoir remplacé la cantine de l'officier par le sac du soldat.

Avant de se mettre en marche, un monsieur âgé, d'une physionomie sympathique, vint nous adresser une allocution exaltant l'honneur de notre mission, et certain, ajouta-t-il, que nous n'y faillirions pas. A mesure qu'il parlait, sa voix devenait tremblante et des larmes perlaient dans ses yeux. Nous ne pouvions nous expliquer un si sensible intérêt. J'avoue même que je recherchai dans l'orateur quelques signes de cette caducité précoce qui donne un cours plus libre aux sentiments et aux effluves de la glande lacrymale. Cette émotion nous fut expliquée plus tard. Le Directeur-Inspecteur de la Société de Secours aux Blessés, l'excellent docteur Chenu, car c'était lui, savait et nous laissait ignorer que nous étions désignés pour Metz ; or, le bruit courait que le typhus sévissait avec violence dans cette place forte.

M. Georges Ville, qui a déployé dans l'organisation des Ambulances internationales infiniment d'activité et d'intelligence pratique, nous adressa de son côté quelques paroles fermes et cordiales : « Allez ! nous dit-il en terminant, et, vive la Septième Ambulance ! »

Escortés de parents et d'amis, nous nous dirigeâmes vers la gare du Nord.

Sur la place Vendôme, les tambours battent aux champs à notre passage, nos cœurs tressaillent ; malgré les désastres de Forbach et de Reischoffen, ils s'emplissent d'espérance. Arrivés à la gare, nous la trouvons encombrée de militaires et de convois de guerre. Le départ est retardé. L'heure sonne enfin ; la vapeur siffle ; nous voilà lancés vers l'inconnu.

Les uns s'installent pour dormir ; les autres causent. Comme il arrive en maintes circonstances, le parti des bavards a le dessus, la conversation devient générale et dure toute la nuit.

L'aurore nous ouvrit les faubourgs de
Saint-Quentin, ville qui devait bientôt s'illus-
trer par son héroïque résistance à l'ennemi.
Nous pûmes contempler les plaines fertiles de
la Somme. L'air frais du matin que nous
aspirions à plein poumon nous tint lieu
d'absinthe, et à Hirson la nature réclamait
impérieusement ses droits : nous mourions
de faim.

Autre chose est de réclamer ses droits,
autre chose de recevoir la satisfaction qui leur
est due. Mais, dit le proverbe, tout vient à
point à qui sait attendre. Il se trouva justifié
à notre égard. Si les habitants d'Hirson ne
purent offrir à nos estomacs avides qu'un peu
de pain avec du beurre, nous fûmes ample-
ment dédommagés à Charleville par un succu-
lent dîner. Gourmets de tous pays, si jamais
vous passez par là, je vous recommande les
brochets de la Meuse.

Les Charlevillois furent expansifs ; ils nous
confièrent leur peine. Ces braves gens avaient
moins peur des Prussiens que des Français de
Mézières, leurs voisins.

Le fleuve seul les sépare ; or, deux groupes
d'individus n'habitent pas ainsi vis-à-vis l'un
de l'autre sans qu'entre eux s'élèvent certaines rivalités : Mézières, centre adminis-

tratif, étouffe dans son enceinte de pierres, tandis que Charleville, l'ancien faubourg, est devenue une élégante ville entourée de spacieux boulevards.

— « Je vous assure, nous disait un bon bourgeois en nous montrant Mézières, que là-haut ils vont profiter de l'occasion pour raser notre ville; ils nous l'ont promis depuis longtemps. »

En vain nous essayâmes de le convaincre qu'il n'en serait rien; nous dûmes laisser ce soin aux événements.

Le lendemain matin nous allâmes visiter Mézières.

A une faible distance de la citadelle, sur une hauteur qui la domine, on ébauchait des travaux de terrassement. Il était bien évident que si, au moment de la déclaration de guerre, nous n'étions pas prêts à faire une invasion en Allemagne, nous l'étions moins encore à l'empêcher chez nous. A Montmédy, à Thionville, à Metz, partout où nous sommes allés il en était de même. Tout disait : imprévoyance ou incapacité sans pareille.

Une heure après nous passions en chemin de fer non loin de Sedan que nous aperçûmes encaissé dans une plaine splendide, Sedan, qui, hélas! ne devait pas tarder à devenir tristement célèbre!

La Meuse serpente dans de vastes prairies et nous la suivions à travers ce riant chemin, sur les bords duquel se dresse Carignan, lorsque de sombres présages viennent obscurcir le tableau : des sentinelles éparses dans les champs nous font pressentir que l'on redoute l'arrivée de l'ennemi; à Margut, le village paraît en émoi, on voit des femmes qui pleurent; l'un de nous fait remarquer que le wagon que nous occupons est taché de sang. Le ciel s'assombrit; les éclairs sillonnent la nue; la pluie tombe à torrents. On nous fait descendre du train, dans l'incertitude où l'on est s'il sera possible d'aller plus avant. Nous nous abritons sous l'auvent de la gare de Chauvency. A cet instant l'orage redouble d'intensité et la foudre tombe sur la gare même.

MONTMÉDY

II

Situation stratégique. — Approvisionnements. — Description de la ville. — Une forêt en flammes. — Garnison. — Notre quartier général. — Affaire de Chauvency. — Bruits en circulation. — Espions. — On entend le canon. — Départ du chirurgien en chef. — L'Ambulance quitte Montmédy.

Voici, en peu de mots, quelle était à ce moment la situation stratégique. Après les désastres de Reischoffen et de Forbach, l'armée française s'était disloquée : les troupes commandées par Mac Mahon, de Failly, s'étaient rabattues sur Châlons ; tandis que celles de Frossard, Canrobert, Ladmirault, Bazaine, s'abritaient sous le canon de Metz.

Bazaine, le 10 août, avait été nommé commandant en chef de l'armée du Rhin ; Mac

Mahon, des troupes du camp de Châlons. L'empereur accompagnait ce dernier sans commandement apparent.

Il était probable que, cherchant à faire leur jonction, l'un ou l'autre de ces généraux passerait par Montmédy. C'était donc une position favorable que prenait M. Després, chirurgien en chef de la 7ᵉ Ambulance, en s'arrêtant dans cette ville. Nous ne pouvions, d'ailleurs, aller plus loin sur la ligne de Metz.

Nous trouvâmes à Montmédy, dans la même situation expectante, le baron Larrey, chirurgien en chef des armées et l'intendant général Wolf. Sous les murs de la place étaient entassées des provisions en quantité considérable; il y avait, nous dit-on, pour douze millions de vivres dans les wagons qui stationnaient sur la voie ferrée.

Montmédy, sur la rive droite de la Chiers, s'élève sur une montagne très escarpée par l'un de ses bords. De ce côté, la place est commandée par deux coteaux, dépourvus d'ouvrages de défense. L'un d'eux est boisé. On était en train de dénuder son sommet par le feu.

Nous eûmes ainsi, en approchant de la ville, le spectacle grandiose d'une forêt en flammes.

Sur le versant opposé s'étale ce qu'on nomme

la *Ville Basse*. Là s'est passé ce qu'on voit
se produire auprès de toutes les anciennes
places fortes : les murailles ne pouvant plus
contenir les habitants, une ville nouvelle s'est
formée à côté de la première. La Ville Basse
a aussi ses fortifications ; mais ce sont des
murailles bâties au-dessus du niveau du sol
et qui ne résisteraient pas à quelques coups
de canon. Le fleuve baigne leurs pieds, for-
mant des îlots pleins de grâce et de fraîcheur.

On monte à la *Ville Haute* par un sentier
qui s'enroule comme un serpent au flanc de la
montagne, ombragée naguère d'arbres magnifiques.

Des échappés de nos premiers désastres,
zouaves, artilleurs, cavaliers, fantassins, con-
fondus avec les mobiles des environs et cent
cinquante soldats de troupes régulières, défen-
daient Montmédy. Le tout formait à peine un
régiment de quinze cents hommes.

Nous installâmes notre quartier général dans
une maison inhabitée où notre cuisinier improvisé, M. Chauveau, entra pour la première
fois en exercice à son plus grand honneur.
Un plat de viande et un plat de légumes, tel
fut notre ordinaire ; le même que celui de nos
infirmiers. Les casseroles et les fourneaux

eurent pour champ de manœuvre une vaste cuisine, tandis que nous transformions la salle voisine en réfectoire, entassant jusque dans l'alcôve des tables et des banquettes. Cette chambre avait pour tout ameublement des bûches alignées le long des murailles. Puis, on tira du fourgon la vaisselle d'étain, presque aussi brillante que de l'argent, car elle n'avait pas encore été labourée par les nombreux zigzags du couteau s'efforçant de déchirer le bouilli de cheval.

Nous portâmes nos sacs chez les hôtes que le hasard nous donna. Ils nous reçurent avec la plus parfaite urbanité. Pour ma part, j'ai gardé le meilleur souvenir de la famille Brion, qui m'accueillit en ami.

Les habitants de Montmédy sont braves. Ils gémissaient de ce qu'une organisation antérieure ne les eût pas mis en mesure de défendre plus efficacement leur pays. Ils avaient pris les armes de leur propre mouvement, et poussaient des reconnaissances qui n'étaient pas sans péril.

Tout à coup on annonce qu'une vive fusillade se fait entendre du côté de Chauvency. Les commentaires vont leur train. Bientôt l'on apprend que les cent hommes du 6° de ligne, que nous avions rencontrés la veille à

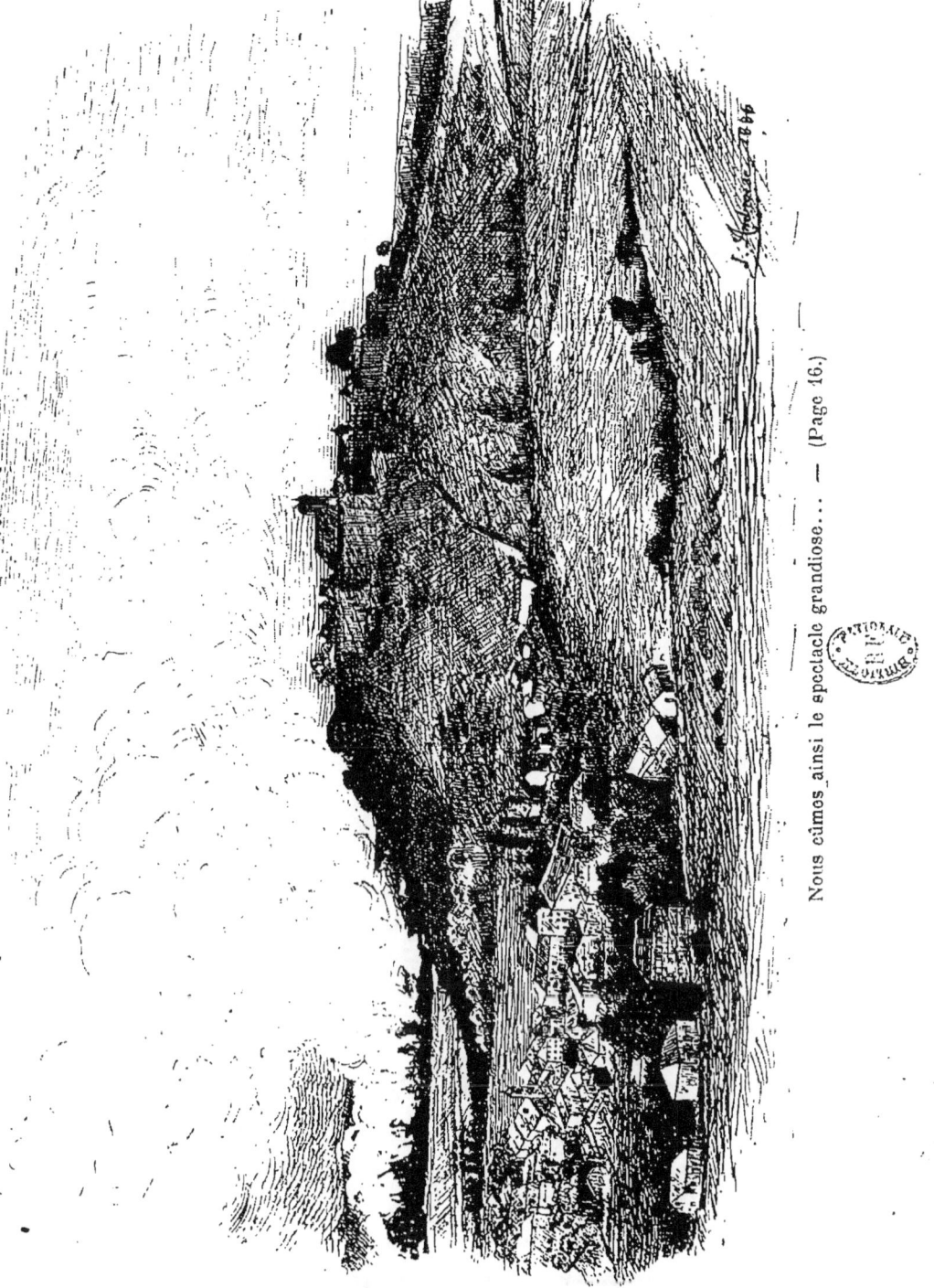

Nous cûmes ainsi le spectacle grandiose... — (Page 16.)

la gare de Chauvency, viennent d'être atta-
qués par des forces supérieures. Des renforts
partent immédiatement par le chemin de fer
et, avec eux une escouade de la 7ᵉ Ambulance.

A leur approche, les Prussiens, au nombre
de six cents, cavaliers et fantassins, battent
en retraite.

Sept morts et six blessés étaient étendus
sur le terrain. Ces derniers eurent nos premiers soins et furent conduits à l'hospice de
Montmédy. Le capitaine et le reste du détachement avaient été faits prisonniers.

M'étant promis de dire la vérité sans parti
pris, je dois citer un fait à la louange des soldats ennemis. La lutte finie, on en aperçut
qui, après avoir bu dans leurs gourdes, pour
prouver sans doute qu'elles ne contenaient
rien de malfaisant, les présentaient à nos
blessés. Ces ennemis compatissants étaient
des Saxons.

Chauvency fut abandonné, au grand déplai-
sir du lieutenant qui commandait le peloton
de secours. — « Avant-hier, maugréait-il ,
j'étais de planton ; rien. Aujourd'hui j'arrive ;
partis. Pas de chance ! »

Il ne se passait pas de journée où quelque
nouvelle ne vînt émouvoir les esprits. Le 29,
le bruit que l'empereur et Mac Mahon arri-

vent à grands pas prend de la consistance. A ce bruit un autre succède plus réel : on annonce l'approche de cent cinquante mille Prussiens ; on a vu leurs casques pointus reluire au soleil à travers les futaies des grands bois voisins ; on aperçoit leurs feux dans la nuit.

L'inquiétude agite de plus en plus nos âmes. Évidemment, Mac Mahon ne pourra faire sa jonction avec Bazaine sans livrer bataille contre des forces qui paraissent considérables.

Les Prussiens n'avaient-ils aucun projet contre Montmédy ? Ce qui suit porte à croire qu'ils n'auraient pas été fâchés de s'en emparer par un coup de main. Un matin on trouva quarante pièces de canon enclouées sur les remparts, et deux espions furent arrêtés.

L'un de ces espions fut exécuté le jour même dans les fossés de la place.

La bataille est certainement engagée, on entend le canon du côté de Beaumont. Toute la journée du 30 août, il tonne effroyablement dans la direction de Stenay et de Mouzon.

Le lendemain M. Desprès, accompagné de MM. Guichard, Le Pileur et Guillot, part en reconnaissance vers Carignan où l'on suppose qu'est le maréchal.

Cependant le bruit de la bataille semble se rapprocher. D'après nos renseignements, l'ennemi s'est interposé entre nous et l'armée de Mac Mahon. Craignant d'être cernés dans Montmédy, où l'on n'a pas besoin de nos services, nous nous décidons à partir sans attendre nos collègues. Nous nous dirigeons vers le Luxembourg belge, qui n'est qu'à quelques kilomètres de Montmédy. En longeant la frontière, notre intention est de tourner l'armée prussienne et de rejoindre nos soldats.

DE LAMORTEAU A FLORENVILLE

III

Alerte. — Un bourgmestre. — Réception cordiale. — Un
agriculteur modèle. — Incendie à l'horizon. — Le château d'Orvault. — Sur la paille. — Rencontre inattendue.
— Punition infligée à des soldats belges.

Il était dix heures du soir lorsque nous
arrivâmes à Lamorteau en Belgique. Néanmoins, bon nombre d'habitants nous attendaient, et bientôt tout le village fut sur pied.

On se couche de bonne heure à la campagne ; mais les nouvelles vont vite : hommes,
femmes, enfants, impatients de voir ce qui se
passait, s'étaient habillés à la hâte ; quelques
costumes étaient même restés à l'état d'ébau-
che. Le bonnet de coton pullulait. Comme la

nuit était très sombre, beaucoup de gens s'étaient munis de falots.

Nous fûmes entourés et questionnés avec le plus vif intérêt.

Édifié sur nos intentions, le bourgmestre prit la parole : « Habitants de Lamorteau, s'écria-t-il, des étrangers sont venus au milieu de vous, confiants en votre hospitalité ; que tout le monde fasse son devoir. » Lui-même, prêchant d'exemple, emmena chez lui deux chirurgiens.

Au milieu de la nuit, dans les circonstances présentes, sa harangue en plein vent nous rappela la généreuse hospitalité des temps antiques.

Déjà chacun de ses braves administrés avait retenu l'un de nous.

L'hôte qui me reçut, avec quelques-uns de mes collègues, était un des cultivateurs les plus riches de la contrée ; il nous accueillit avec un sans façon tout champêtre : « Messieurs, nous dit-il, mon cellier n'est pas très bien garni, cependant j'y pourrai trouver quelque vieille bouteille ; vous êtes fatigués, nous la boirons avant que vous alliez vous coucher. »

Nous prîmes place devant une immense cheminée où pendait une longue et massive

crémaillère en fer forgé ; de hauts chenets
garnissaient le foyer ; au fond se voyait une
belle plaque en repoussé qui, par ses em-
blèmes, rappelait qu'au xvi⁰ siècle elle avait
appartenu aux seigneurs de l'abbaye d'Orvaux.

Nous causâmes. Littérature de tous pays,
agriculture, philosophie, politique, nous
vîmes avec étonnement que rien n'était étranger à l'homme qui nous accueillait avec une
si cordiale simplicité.

Il faisait de l'agriculture à la fois en savant
et en praticien consommé. Il connaissait à
fond les travaux anciens et modernes : ceux
de MM. de Gérardin, Boussingault, Joi-
gneaux, etc., les remarquables expériences de
M. Georges Ville sur la végétation ; et, tandis
qu'à minuit sonné nous discourions encore
sans songer au sommeil, il prit congé de nous
en disant : « Excusez-moi si vous ne me
voyez pas au moment de votre départ, je serai
depuis longtemps à la charrue. »

De Lamorteau, on continuait à entendre le
canon. En montant sur un petit monticule, en
avant du bourg, on percevait distinctement la
crépitation des mitrailleuses. Ce bruit semblait
venir de Carignan.

Il s'agissait de se hâter : le château d'Orvaux,

ancienne et vaste abbaye, est situéà quarante
kilomètres de là ; on nous y promet l'hospitalité pour la nuit ; nous partons.

Le canon ne cesse de gronder toute la
journée.

Au crépuscule, nous apercevons à l'horizon
comme une splendide aurore ; en avançant,
les flammes deviennent distinctes et bientôt
un vaste incendie s'offre à nos regards, éclai-
rant l'immensité de ses lueurs rougeâtres. Nul
ne put nous dire ce qui flambait ainsi.

Nous n'étions pas encore faits aux fatigues
de la marche ; aussi, grand fut notre soulagement lorsque, vers dix heures du soir, nous
aperçûmes, à la clarté de la lune, des tourelles
blanches à travers les grands arbres. C'étaient
celles du château. Le château est placé sur les
bords d'une rivière. En attendant que l'on
veuille bien nous y donner accès, nous prenons
plaisir à contempler sa silhouette gracieuse
qui se reflète en miroitant dans les eaux.

Mais c'est en vain que l'on héla, cogna,
carillonna ; la porte resta close, et force fut
d'aller chercher un asile ailleurs.

On nous dit que nous le trouverions à Vil-
liers van d'Orval, distant encore de deux kilomètres. Le chemin paraissait s'allonger à
mesure que nous marchions, et les deux kilo-

mètres étaient déjà loin derrière nous lorsque, après avoir traversé une vallée longue et ténébreuse, nous atteignîmes le village désiré.

Il n'y avait qu'une auberge : elle était bondée d'étrangers et d'émigrants. La grange elle-même était occupée. Harassés de fatigue, nous ne pouvions cependant continuer notre route ; nos chevaux eux-mêmes s'y refusaient. Ému de notre situation, l'hôtelier délogea les trois ou quatre personnes qui s'étaient réfugiées dans la grange et nous la livra. Nous faisons nos lits de paille un peu partout, en haut, en bas, en long, en large, et le sommeil clôt nos paupières.

A six heures du matin, on nous réveille par ces mots : — « Nous avons battu les Prussiens ! »

— « Vive la France ! »

Ce cri s'échappe de nos poitrines et nous partons pleins de joie. Hélas ! hélas ! que de fois l'espérance, pendant cette malheureuse guerre, est entrée ainsi dans nos cœurs pour en sortir bientôt, les laissant tout meurtris !

La veille au soir, 1er septembre, avait eu lieu la capitulation de Sedan.

Nous l'ignorions, et d'ailleurs notre but serait resté le même : rejoindre l'armée française. Nous nous dirigeons donc sur Floren-

ville où nous espérons avoir des renseignements précis.

Chemin faisant, des bruits contradictoires
circulent sur les résultats des batailles qui
viennent de se livrer. La triste vérité se laisse
deviner. Une dame vêtue de noir, paraissant
porter un double deuil, celui de la patrie et
celui peut-être d'un fils adoré, refuse de nous
répondre.

— « Je vous en prie, nous dit-elle, ne m'in-
terrogez pas. »

Nous ne tardâmes pas à faire la rencontre
d'un témoin digne de foi : c'était M. Génin,
mon hôte de Lamorteau, qui n'avait pu se
tenir tranquille au bruit du canon. Parti avant
nous, il avait passé la frontière et vu en
partie la déroute de notre armée. Les rouges
lueurs que la veille nous avions vues dans
le ciel venaient de l'incendie de Bazeilles,
allumé par les Bavarois.

Tristes, nous continuons notre marche,
deux fois interrompue par les cavaliers
belges qui gardent la frontière. Dans la journée nous arrivons à Florenville.

Là, nous était réservée une surprise. Nous
apercevons un cavalier entre quatre fantassins
belges, qui conduisent son cheval par la
bride. Il est entouré d'une foule curieuse et

bruyante. C'est M. Després. De ses bottes émergeaient des bandes de toile blanche ; nous le crûmes blessé. Il nous rassura. Les bandes avaient simplement pour but de retenir le bas de la culotte rebelle à l'équitation.

Que s'était-il donc passé depuis que le chi- .rurgien en chef et son escouade avaient quitté Montmédy ?

A deux lieues environ en deçà de Carignan, la petite troupe avait fait la rencontre d'un corps d'armée prussien. Des uhlans étaient sur- venus. La voiture qui portait chirurgiens et in- firmiers, rudement ballottée à travers champs, nous avait rejoints ; tandis que M. Després, poursuivi par les uhlans, n'avait réussi qu'à grand'peine à leur échapper. Il avait franchi la frontière. Ne remarquant pas que des douaniers lui faisaient signe de s'arrêter, ceux-ci avaient tiré sur lui et l'avaient signalé comme espion.

Les quatre soldats le conduisirent auprès du commandant de place, le colonel Charmey, qui, par sa courtoisie, lui fit oublier cette mésaventure.

Il fut résolu que l'ambulance irait explorer le champ de bataille. D'autre part, un déta- chement dont je fis partie se dirigea vers Bouillon, où se trouvaient, disait-on, beau-

coup de blessés français et pas un chirurgien.

Pendant notre court séjour à Florenville,
j'avais remarqué deux soldats qui faisaient,
en sens inverse et sans s'arrêter, le tour de
la place publique. Cela m'avait semblé une
singulière façon de monter la garde ; j'appris.
qu'ils étaient, pour une faute disciplinaire,
condamnés à faire ce manège toute la journée.

DE FLORENVILLE A BOUILLON

IV

Campement des fugitifs.] — Le château de Bouillon. —
L'Hôtel de la Poste. — Au grenier. — Blessés du Ban
d'Ale. — Arrivée de Napoléon III. — Essai de manifestation. — Le château de Hohenslohe. — Le mouchard.

Dans le trajet de Florenville à Bouillon, des
scènes pleines de tristesse viennent frapper
nos regards. Nous rencontrons à chaque pas
des fuyards que les villes ne peuvent plus
contenir.

Abrités par les inégalités du terrain, un
grand nombre campaient avec leurs familles
sur les côtés de la route. Les uns s'étaient fait
suivre de leurs vaches, de leurs moutons;
d'autres avaient transporté leur chétif mobi-

lier ; la plupart n'avaient que des hardes, sauvées à grand'peine. Ils s'étaient improvisé des demeures avec des toiles, de la terre, des branchages et faisaient leur cuisine en plein vent.

On voyait des enfants errer de l'un à l'autre campement, à demi vêtus et pleurant.

Si c'est une chose lugubre que l'aspect d'un champ de bataille après la lutte, du moins on a combattu et l'on espère que le sang de ceux qui ont succombé n'aura pas coulé en vain ; combien plus lamentable est le spectacle de ces inutiles et innocentes victimes !

Et, contraste du sort, le pays que nous parcourons respire l'abondance et la paix. Des hauts fourneaux fument sur les bords gracieux de La Semoy, qui coule proche du chemin.

Nous apercevons le château de Bouillon. Fièrement campé sur le sommet d'une montagne rocheuse, il domine la ville. Des blocs immenses de granit, d'une solidité à l'épreuve du temps et qu'on dirait cependant prêts à s'effondrer, protègent sa droite ; en arrière il s'appuie à une vaste forêt ; à ses pieds, La Semoy. Ce fleuve coupe en deux la ville de Bouillon.

La ville entière regorge de fugitifs militaires et civils. Impossible d'avoir un logement, encore moins un repas à l'Hôtel de la Poste, principal hôtel de Bouillon. En revanche, nous y heurtons plusieurs employés de la maison de l'empereur.

Après maintes recherches infructueuses, nous obtenons dans une auberge un peu de paille au grenier.

Nous allons voir nos blessés à l'hôpital et nous nous mettons à la disposition du chirurgien en chef de l'établissement.

On nous dit qu'un certain nombre de nos soldats sont sans secours médicaux au Ban d'Ale, sur l'extrême limite belge. Nous nous y rendons et trouvons en effet vingt-cinq blessés que M. Hennet de Courtefroy fils a recueillis dans sa maison de chasse. Il s'en occupe avec dévouement et les traite de son mieux. Le premier objet qui frappe nos regards est un énorme bœuf entr'ouvert, qu'il vient d'abattre à leur intention.

Parmi ses hôtes est un malheureux turco, qui est resté deux jours sans manger dans les bois ; il a eu la langue emportée et la jambe brisée, de sorte qu'il lui avait été impossible de marcher ni d'appeler à son aide.

Il fut convenu que nous transporterions les blessés à l'hôpital de Bouillon.

Pendant que nous étions occupés aux préparatifs du départ, un monsieur, d'une quarantaine d'années, vient se mêler à notre conversation. Sa barbe était soigneusement rasée ; il avait plutôt l'air d'un avoué ou d'un huissier que d'un militaire; cependant il nous dit : « Je suis officier, je me suis évadé de Sedan. » Il nous parla de la bataille qui venait de se livrer ; de l'impéritie des généraux, de leur incapacité. Ce que nous avions entendu dire jusque-là nous faisait partager les sentiments de cet officier, et nous le quittâmes de plus en plus convaincus qu'il n'y avait pas deux manières d'envisager la situation.

Nous fîmes monter nos blessés sur les véhicules que l'on venait de préparer.

En route on nous apprend que Napoléon III vient d'arriver à Bouillon. Nous ne tardâmes pas à nous en apercevoir au surcroît de gêne et d'encombrement qui existait dans la ville.

Les personnes que nous avions vues la veille étaient venues préparer les logements et, chose incroyable, une petite manifestation en faveur du vaincu d'hier. Mais leurs vivats timides restèrent sans écho.

L'empereur était descendu à l'Hôtel de la Poste.

Notre auberge était voisine. Aussi, quand le moment du départ impérial fut arrivé, nous trouvâmes-nous entassés en curieux à l'unique lucarne de notre grenier.

Une calèche à la Daumont attendit assez longtemps à la porte de l'hôtel. Sa Majesté se montra enfin sur le perron, la cigarette à la bouche, jetant un regard furtif à droite et à gauche avant de mettre le pied dans la voiture. A ses côtés prirent place un officier supérieur prussien et le général de Castelnau.

Une prison très supportable lui était préparée dans la magnifique résidence de Hohenslohe. Ce château, près de Cassel, avait précisément été le séjour de prédilection de l'oncle Jérôme pendant son règne éphémère en Westphalie de 1807 à 1813. Les jardins splendides en avaient été ordonnés par lui dans le goût de ceux de Versailles.

De nombreux fourgons et laquais galonnés suivaient derrière leur maître le chemin de la captivité.

Sur l'un de ces véhicules, huché, nous aperçûmes notre monsieur du Ban d'Ale, qui déblatérait si bien contre les généraux de l'empire. Nous ne pûmes nous empêcher de le saluer de quelques sifflets. Il leva la tête et nous reconnut, car il la baissa aussitôt. Notre soi-disant officier n'était qu'un mouchard.

La veille de ce jour, 4 septembre, une révolution se faisait à Paris, qui devait aboutir à la déchéance de l'empereur.

Des médecins belges étant venus à l'aide de leurs confrères, rien ne nous retenait à Bouillon. Le prince de Sagan nous dit que dans les petites villes qui avaient été le théâtre de la bataille, notamment à Fond-de-Givonne, les médecins militaires ne pouvaient suffire aux blessés. Nous quittâmes Bouillon pour aller à Fond-de-Givonne.

DE BOUILLON A SEDAN

V

A peine entrés en France, nous trouvons
partout des traces de la bataille; des chevaux
éventrés, des caissons d'artillerie abandonnés,
des fragments d'armes et de munitions. Plus
nous approchons de Sedan, plus ces navrants
débris se multiplient.

Dans les champs s'élèvent des *tumuli* sur-
montés d'une croix ou de casques qui abri-
tèrent des têtes mal enfouies. Ensanglantés et
boueux, de malheureux soldats n'ont pas

encore reçu la sépulture ; çà et là des Prussiens
et des habitants du pays s'acquittent de cette
triste besogne. Nombreuses furent les victimes ! Quinze jours encore après la bataille,
je faisais enterrer un petit soldat de la marine
que je trouvai étendu dans un fossé.

Les maisons des villages que nous traversons n'ont pas été épargnées ; elles sont pour
la plupart criblées de balles, échancrées par les
obus. Le mobilier est brisé ou bien a été enlevé
par le vainqueur. Bien heureux le possesseur
lorsque son patrimoine tout entier n'a pas été
dévoré par l'incendie.

La petite ville de La Chapelle, entre autres,
est fort maltraitée.

Tandis que nous allions vers Sedan, quelques officiers français, prisonniers sur parole
ou blessés, prenaient la direction opposée.

Je fis la rencontre d'un coupé, escorté par
un officier d'état-major, et j'aperçus à l'intérieur un brillant uniforme. Celui qui le portait
avait la tête en partie enveloppée. — « Avez-
vous besoin de mes services ? » dis-je à l'officier. — « Non, merci », répondit-il avec un
mouvement de tête significatif. A ce moment,
le blessé passait sa tête à la portière. Sa face
n'était plus qu'une masse de chair tuméfiée ;
d'un trou, qui avait été la bouche, s'écoulait

une salive sanieuse. Il eût été impossible de reconnaître, sous cet aspect, le brave général Margueritte. Il ne tarda pas à succomber.

Le lendemain je me trouvai présent au passage d'un autre blessé qui fut plus heureux. Celui-là était étendu de tout son long sur un matelas, dans une immense voiture découverte décemment escortée : c'était le maréchal Mac Mahon.

Auprès des habitations abandonnées gisent des bouteilles cassées, des animaux à demi mangés et particulièrement des porcs, dont on n'a pris que les jambons. Il fallait que les soldats prussiens fussent bien pressés ou rassasiés pour avoir délaissé une si grande part de leur animal favori, car la passion du Germain pour la graisse de porc n'a point d'égale.

Un Prussien étant mort, sans que la cause en fût bien démontrée, dans une petite ville sise sur les bords de la Loire, le commandant fit venir le maire : — « Monsieur, lui dit-il, cet homme a été empoisonné; il faut que le coupable se trouve, sinon, vous serez fusillé. » Le magistrat, en présence de cette perspective peu attrayante, conserva assez de présence d'esprit pour faire cette objection : — « Êtes-vous bien certain que ce soldat a été empoisonné? — Non, ne put s'empêcher de répondre l'officier, mais on va procéder à l'autopsie, immédiatement et devant vous. » On met le maire en présence du cadavre. En ouvrant l'estomac, le scalpel du chirurgien met à découvert plusieurs livres de lard. La mort était évidemment due à une indigestion.

A Fond-de-Givonne, nous rencontrons un des nôtres, le docteur Miard, qui nous apprend que le reste de l'ambulance vient d'arriver à Balan, faubourg de Sedan.

On se rappelle que nous avions laissé nos collègues à Florenville, sur le point d'aller explorer le champ de bataille. Après être entrés en France à Messincourt et avoir fait près de quarante kilomètres, ils étaient parvenus, à sept heures du soir, au village de Villers-Cernay, où les attendait une maigre hospitalité, dans la boutique dévalisée d'un épicier. Le lendemain, ils atteignaient Balan, emmenant avec eux deux blessés qui se cachaient dans une maison abandonnée.

Nous allâmes les rejoindre, sans nous arrêter à Fond-de-Givonne, où se trouvaient des médecins militaires en nombre suffisant.

Une fois réunis à Balan, notre premier souci fut de chercher un gîte. Nous le trouvâmes dans une maison ouverte à tous les vents : les portes en étaient brisées, les murailles

Un grand nombre campaient avec leurs familles. — (Page 57.)

percées à jour par les obus, comme une écu-
moire par l'emporte-pièce d'un ferblantier.
C'était la demeure d'un marchand de vin.
Les Prussiens, trouvant une cave bien garnie,
avaient défoncé les tonneaux, décapité les
bouteilles, et, s'étaient livrés à une orgie dont
les exhalaisons malsaines nous apportaient
l'irrécusable témoignage. Heureusement pour
nous, la ventilation était active ! Bientôt même
nous jugeâmes à propos de la modérer en
bouchant avec de la paille les trous faits par
les bombes. C'était d'autant plus nécessaire
que le fourgon qui portait les sacs de nos
collègues, les devançant, était allé à Charleville. Malgré les précautions prises au départ,
ils se trouvaient menacés de perdre leurs
bagages.

Le lendemain le négociant vint jeter sur
son habitation un coup d'œil furtif.

Il me montra une planche qui paraissait
sortir de terre sous des barriques vides, en me
disant tout ému :

— « Ma caisse et mes livres sont là.

— Eh bien, lui répondis-je, emportez-les.

— Non, pas encore, les Prussiens pourraient me voir et les prendre ; ayez l'obli-
geance de les faire recouvrir de terre, je
reviendrai bientôt. » Je fis ce qu'il désirait.

Quand il revint, ce petit service rendu ne
l'empêcha pas d'enlever les matelas qui servaient de lit aux plus fatigués d'entre nous.

Bien que de nombreuses ambulances fussent
établies dans les environs, les blessés ne nous
manquèrent pas. Nous les plaçâmes dans des
granges et des maisons abandonnées. On
construisit, avec des planches et des toiles de
tente, une grande baraque où une trentaine
d'entre eux trouvèrent un abri dans les meilleures conditions de salubrité possible.

Notre restaurant fut installé dans une pauvre
auberge, et notre cuisinier employa tout son
art à nous faire avaler sans trop de désagrément la viande de chevaux qui depuis longtemps avaient déserté les gras pâturages et
leurs doux loisirs. On nous apportait le pain
de Belgique. La viande de cheval nous était
fournie par l'intendance.

L'intendance avait fort à faire, il faut le
reconnaître, pour nourrir les cent mille bouches renfermées dans Sedan.

Aussi, les prisonniers qui passaient par
milliers devant notre ambulance paraissaient-
ils affamés. Nous leur donnions ce que nous
avions : de la viande, du pain, du tabac, du
vin, de l'eau ; et, lorsqu'il n'y avait plus rien,
nous nous cachions pour ne point voir leurs

souffrances, sans y apporter un adoucisse-
ment quelque mince qu'il fût. Pauvres soldats!
Il leur fallait marcher, marcher toujours,
sïnon la crosse d'un fusil brutal les poussait
en avant.

SEDAN

VI

Aussitôt que les soins donnés aux blessés
le permirent, nous allâmes visiter Sedan,
dont nous étions éloignés d'environ deux kilomètres. Sedan, sur la rive droite de la Meuse,
est une place forte de 3ᵉ ordre, dominée de
toutes parts.

Comment l'empereur était-il arrivé à se
fourrer dans ce trou ? C'est ce que je vais
raconter aussi brièvement que possible.

Le plan tracé à Mac Mahon était de

rejoindre Bazaine. En faisant diligence, il pouvait atteindre l'armée du roi de Prusse, et, si elle tentait de s'opposer à son passage, la battre avant l'arrivée du prince royal. Pendant ce temps, Bazaine se débloquerait et viendrait à la rencontre du général en chef de l'armée de Châlons.

Mais le maréchal Bazaine n'avait pas hâte de quitter les murs de Metz.

Il était, disait-on, jaloux de Mac Mahon. On assure que, lorsqu'on lui représenta l'urgence de se porter en avant, il répondit : « Si Mac Mahon est dans l'embarras, qu'il s'en tire. »

Mac Mahon, de son côté, s'était laissé promptement distancer par le prince royal.

On cite tel jour où ses troupes ne firent que cinq à six kilomètres ; la journée du 25 août se passa en distributions de vivres. A six lieues par jour, le maréchal aurait pu être, le 27, au delà de Sedan, il n'y fut attaqué que le 29 août. Il faut accuser surtout de ces lenteurs la mauvaise administration de l'armée et les irrésolutions qui, autour de lui, paralysaient le commandement.

L'impéritie de certains généraux accéléra le dénoûment.

Le 29 août, le 5ᵉ corps s'établit sur le plateau

de Bois-les-Dames, malgré l'ennemi; mais le 30, à Beaumont, de Failly, qui n'avait pas placé de grand'garde, et qui avait rejeté avec dédain les renseignements apportés par des paysans, laissa surprendre ses soldats au moment où ils avaient démonté leurs armes.

La journée du 31 fut employée en grande partie par Mac Mahon à rallier l'armée et à distribuer des subsistances, tandis que les Prussiens, sans perdre de temps, passaient sur la rive droite par Donchery, dont on n'avait pas coupé le pont. Il en résulta que les troupes du prince royal donnèrent la main, en arrière de Sedan, par Francheval et La Moncelle, à l'armée du roi.

Les Français se trouvaient cernés le lendemain, 1ᵉʳ septembre, lorsqu'eut lieu la bataille de Sedan.

Nos troupes, cependant, se battaient avec vigueur; Mac Mahon, blessé d'un éclat d'obus, laissa le commandement au général Ducrot qui, lui-même, dut le céder à Wimpfen.

Wimpfen ne désespéra pas. Quelques-unes de nos positions étaient maintenues; il pensa que, si l'empereur se montrait aux troupes, sa présence à leur tête enflammerait leur courage et qu'on pourrait se frayer un passage vers Montmédy; il lui écrivit : — « Je me décide à

forcer la ligne... Que Votre Majesté vienne se
mettre au milieu de ses troupes ; elles tiendront
à honneur de lui ouvrir un passage. »

Cette idée chevaleresque et toute française
était assez rationnelle : notre armée était
composée d'environ cent mille hommes, l'armée ennemie en comptait deux cent mille ;
l'étendue du périmètre qu'occupait cette dernière devait rendre fort relâchées les mailles
du réseau enveloppant.

L'empereur s'était retiré, avec trente mille
hommes environ, dans Sedan. D'accord avec
les généraux qui l'entouraient, il résolut de se
rendre.

Seuls, les généraux Pellé et Carrey de Belle-
mare n'adhérèrent point à cette décision.

Pendant que l'empereur faisait hisser le
drapeau blanc sur les murs de la ville, l'infanterie de marine se battait énergiquement à
Balan. C'était plus qu'une résistance ; nos soldats avaient fait un certain nombre de prisonniers bavarois. Aussi, quand arriva l'ordre
de cesser le feu, ils n'obéirent qu'avec douleur.
Les débris d'armes prussiennes, les sacs abandonnés, les panaches de casques bavarois
noircissant la terre le long des haies, des
fossés et tout autour des maisons, en particulier de celle que nous habitions, témoignaient

hautement du mal que cette brave infanterie avait fait à l'ennemi.

Je n'examinerai point quel est le sentiment qui poussa Napoléon III à se soumettre aux injonctions de M. de Moltke plutôt qu'à céder aux vaillantes instances du général de Wimpfen. Mais, au point de vue politique, il me paraît avoir commis une grande faute : victorieux, il ramenait à lui l'esprit mobile des masses; vaincu, il sauvait son honneur; mort, il sauvait peut-être sa dynastie.

La capitulation fut signée dans la serre du château de Bellevue, à deux kilomètres de Sedan.

Lorsque je me rendis dans cette place, elle était encombrée de Prussiens de toutes armes, de Français prisonniers et de blessés des deux nations. Des soldats ennemis étaient occupés, à l'aide de crocs et de longs bâtons, à pêcher, dans les fossés remplis d'eau de la ville, les armes que les nôtres y avaient jetées pour ne les point livrer.

Dans ce désastre, trois cents bouches à feu étaient tombées entre les mains du vainqueur. Nous eûmes la douleur de les voir défiler devant nos yeux à Balan, traînées vers les arsenaux prussiens.

Les habitants de Sedan, en grand nombre,

avaient pris les armes. — « Nous étions prêts,
s'écriaient-ils, à tout braver pour sauver l'honneur, et l'on rend notre ville avant qu'un seul
obus ait écorné ses remparts ! » Pas une
maison n'avait été détruite, pas un homme
n'avait été tué dans la ville

Un patriote ardent n'avait pas de paroles
assez énergiques pour qualifier l'imprévoyance
du commandement. — « Voyez-vous, me disait-il en l'indiquant du doigt, cette route res-
serrée entre la Meuse et des rochers escarpés,
jamais Prussien n'aurait passé par là si on
eût pris soin d'y placer seulement quelques
canons. » Le général G..., avec lequel je
causai quelques instants, m'apprit que les
troupes régulières renfermées dans Sedan
s'élevaient à 75,000 hommes. Il m'avoua sin-
cèrement et [avec tristesse que la plupart des
officiers supérieurs avaient fait preuve d'une
incapacité incroyable.

Tout autour de Sedan erraient une grande
quantité de chevaux qui avaient reçu des blessures plus ou moins sérieuses. Les habitants
du pays s'empressèrent de s'en emparer quand
ils virent que les Prussiens les laissaient faire.

Plusieurs d'entre nous profitèrent de l'occasion pour se monter à peu de frais.

J'allai avec M. Miard dans les talus des

fortifications où les recruteurs n'osaient pas encore se montrer et nous fîmes notre choix. Le mien tomba sur un arabe en train de faire des démonstrations de tendresse à une cavale légère, trop légère même, car il nous fut impossible de mettre la main dessus. Nancel et Soubise purent également se procurer de la sorte de belles montures.

Ali, c'est le nom que je donnai à mon cheval, avait une petite plaie au-dessous de l'œil gauche, due à un éclat d'obus, qui guérit rapidement.

L'infirmier qui nous accompagnait l'enfourcha. Il le maniait avec dextérité et prenait plaisir à faire ressortir ses avantages. Près de la porte de la ville, j'entendis une voix s'écrier : — « A qui le cheval? » C'était l'officier du poste qui, séduit par les bonnes grâces de mon coursier, se flattait déjà d'en devenir le maître au même prix que moi. — « *Es ist mein!* — Il est à moi ! » m'écriaije à mon tour. Ce n'est pas sans intention que je répondis en allemand, bien que celui-là se fût exprimé en français. Il me semble que, dans ces trois mots tudesques, la possession s'affirme avec plus d'énergie.

L'officier s'inclina en portant la main au devant du front, le pouce en dedans de la main et la pulpe des doigts au niveau de la visière de la casquette.

Je lui rendis le salut, heureux de ne lui rendre que ça.

Ali fut traité comme un pacha. Domptant cette fougue qui n'était que l'exubérance de la passion, il obéit avec docilité. Nul besoin, cependant, de cravache ou d'éperons ; à la moindre pression des jambes, il s'enlevait. Grâce à lui, je pus rendre quelques services de plus à la *Société internationale*, soit en allant chercher des blessés dans les ambulances étrangères, soit en accompagnant quelques-uns d'entre eux à la frontière.

Quand le service le permettait, j'allais avec lui visiter les lieux témoins de la bataille.

L'un des plus affreusement célèbres était Bazeilles. Occupé par un détachement de la division du général Vassoignes aux ordres du commandant Lambert, cette malheureuse ville s'était défendue avec un héroïsme sans égal. Il avait fallu pour la réduire faire le siège de chaque enclos, de chaque rue, de chaque maison. En approchant, une odeur âcre vous saisissait à la gorge. Furieux de la résistance, les soldats ennemis avaient semé partout l'incendie et la mort. Femmes, enfants, vieillards avaient été massacrés.

Autour de nous n'étaient que toits effondrés, poutres noircies, murailles pantelantes. Les Bavarois, áprès avoir introduit de la paille dans les caves des maisons, y avaient mis le feu; un grand nombre d'habitants avaient péri de la sorte dans leurs demeures en flammes. Tous ces débris calcinés répandaient des émanations suffocantes.

Le château où Turenne avait passé ses premières années avait brûlé comme le reste.

Une seule maison est debout à l'extrémité de la ville; mais, ironie du sort! son maître, un brasseur, accusé de s'être battu contre les Prussiens, a été fusillé.

Ne pouvant plus trouver un asile dans Bazeilles, les habitants avaient fui. Nous recueillîmes le dernier qui fût resté fidèle à ces décombres; un chien mouton, qui peut-être rôdait autour du cadavre de son maître. Nous le baptisâmes *Toto;* il fut le *chien de l'ambulance.*

Au nombre des blessés que je ramenai dans notre ambulance, je citerai le capitaine d'artillerie Buisson. Grièvement atteint au genou, il se trouvait dans une ambulance prussienne établie à La Moncelle.

Le capitaine avait été transporté pendant la

5

bataille dans une maison que l'on croyait à l'abri des bombes ; mais les bombes l'avaient découverte et incendiée, de sorte que le malheureux blessé dut se traîner en rampant derrière un petit mur de clôture où il resta étendu durant tout le combat, tandis que la mitraille et les hommes tombaient autour de lui.

Sa jeune femme ne tarda pas à venir lui prodiguer les soins d'une affection dévouée.

On lui avait donné pour auxiliaire un soldat nommé Broche auquel une balle avait traversé la cuisse. Il appartenait à ce 3° zouaves qui avait pu s'enfuir de Sedan à travers les lignes prussiennes.

A peine guéri, Broche demanda à rejoindre son régiment. On pouvait d'autant moins lui refuser la permission qu'il s'en serait fort bien passé. Notre zouave se procura un chapeau à haute forme et un paletot.

— « Je n'ai pu trouver de pantalon », nous dit-il désolé.

Je lui donnai le mien qui était noir. En échange il m'en laissa un bleu qu'il avait fabriqué lui-même avec des pantalons de Bavarois.

Broche gagna sans encombre l'armée du Nord, d'où il nous adressa une charmante lettre de remerciements.

DAIGNY

VII

Peu après notre arrivée à Sedan, j'étais
installé avec mon collègue, M. Lemarchant,
dans une maison de campagne transformée
en ambulance.

A quelques centaines de pas se trouvait le
docteur de Montfumat, dans le beau château
de Daigny, appartenant à un monsieur Renard.

Ces ambulances, composées presque en
entier de soldats français, avaient été établies
par des médecins prussiens. Ils nous les cédè-

rent d'autant plus volontiers que leur espoir non déguisé était d'entrer prochainement dans Paris. Le docteur Grutner, le docteur von Criegern et autres, dont les noms échappent à ma mémoire, nous reçurent en confrères, évitant toute allusion qui pût froisser notre patriotisme.

L'habitation que j'occupais appartenait au maire de Daigny, M. Lamotte. Il y avait près de quarante blessés.

C'est une maison d'apparence bourgeoise, située dans un frais vallon. Près de la maison est une immense pièce d'eau courante peuplée de poissons, et entourée de promenades, sous de grands arbres. L'intérieur était dans un état de saleté et de désordre épouvantables. La salle de billard surtout, un réceptacle d'ordures. Les Français avaient commencé le grabuge ; les Prussiens l'avaient complété.

Toute la journée était employée par nous à panser les blessés.

Quelques-uns avaient de graves blessures ; un Saxon entre autres : un obus lui avait brisé le poignet droit ; il avait le bras gauche troué par une balle ; le cou traversé de part en part ; la cuisse également ; enfin un projectile lui avait ouvert la partie supérieure du crâne. Malgré tout sa santé dans l'acception générale du mot, était bonne. Il était d'un appétit féroce. Ne pouvant se faire comprendre de l'infirmier, il avait adopté un geste qui consistait à ouvrir et fermer successivement la bouche en faisant entendre un ham! ham! très significatif. Je ne saurais nombrer la quantité de chocolat qu'il a absorbée. Les blessés allemands étaient d'ordinaire très friands de ce produit colonial.

Notre infirmier était sur les dents; on lui adjoignit un collègue.

Nous fûmes aussi aidés par un étudiant allemand, M. Hébel. Ce jeune homme faisait partie d'un groupe de chevaliers de Saint-Jean, qui avait, en ce moment, son quartier général à Daigny. A leur tête se trouvait le baron Schenck de Sweinsberg.

L'ordre des chevaliers de Saint-Jean n'a pas d'analogue en France. Ses membres appartiennent, pour la plupart, à d'anciennes familles; ils sont dispensés du service militaire. Leur rôle consiste à donner des secours matériels aux blessés, à pourvoir à leur évacuation en d'autres lieux, à leur rapatriement.

Ils nous donnèrent sans compter; aussi, lorsqu'un jour, me trouvant dans leur magasin d'approvisionnement où ils avaient mis à ma disposition tout ce qui pouvait être nécessaire à mes blessés, lorsque, dis-je, ils insistèrent pour que je partageasse leur repas du matin, je dus accepter. Au dessert, M. Schenck, et ses compagnons, un peu animés, se mirent à chanter leur *hurrah* national. Je leur répondis en entonnant la *Marseillaise*. Bien que les circonstances malheureuses ne donnassent pas à l'hymne de Rouget de Lisle toute son opportunité, je dis quelques strophes en m'efforçant de faire passer dans mes auditeurs un peu de cette fièvre qu'allume, dans tout cœur français, cette musique de paroles brûlantes de patriotisme et de liberté.

Leur émotion me permit de penser que j'avais atteint le but. Ils me demandèrent de recommencer le couplet : « Amour sacré ».

Sur ce terrain, du moins, ils étaient près de s'avouer vaincus.

Nous ne tardâmes pas à nous apercevoir que les chevaliers de Saint-Jean ne se bornaient pas à apporter aux leurs des secours matériels. Ils donnaient aux moins blessés des mouchoirs sur lesquels étaient imprimées la carte de France et celle des départements envahis ; ils distribuaient des chansons patriotiques, un hymne, par exemple, en l'honneur de Fritz ou de Wilhem, à propos de quelque fait d'armes récent, stimulant, jusque dans leurs moribonds, l'amour de la patrie allemande.

En même temps, la petite propagande royaliste n'y perdait rien.

Il faut avouer que le gouvernement prussien avait tramé ses plans avec une savante habileté, appelant à son aide, pour les exécuter, toutes les ressources de la force matérielle et de la force morale à la fois.

Cependant le choix de ses moyens n'était pas toujours avouable.

Il n'a pas craint de corrompre les consciences troublées par d'anciens ressentiments, inculquant dans les esprits que l'hypocrisie et le mensonge sont armes de guerre, montrant pour but la vengeance et le pillage. Il a même donné un corps à ces principes malsains. Nous l'avons vu couvrir la France et Paris de ses espions dans des temps antérieurs à la déclaration de guerre. Il aurait même fait du pillage une organisation à part, s'il faut en croire un habitant de Baugency, qui m'affirma avoir logé, bien avant les événements, un individu qui, actuellement, était officier de pillards. Il est certain que j'ai vu, à l'arrière-garde des armées, des voitures nombreuses dans lesquelles s'entassaient nos objets les plus précieux.

Que de fois, sur le champ de bataille, leurs soldats n'ont-ils par levé la crosse en l'air pour tromper l'ennemi !

Ils essayaient aussi d'agir sur le moral par fourberie, semant de mauvaises nouvelles ou faisant courir le bruit de victoires, le lendemain démenties par la défaite. De la sorte, ils pensaient que, prompts à l'enthousiasme et à l'abattement, en proie à de continuelles incertitudes, nous ne résisterions pas à la démoralisation, qui est le fléau des armées. Les chevaliers de Saint-Jean semblaient être en cela des auxiliaires plus ou moins conscients. Il est vrai que vis-à-vis de nous c'était en pure perte. Déjà, peu de jours après Sedan, ils nous annonçaient la prise du Mont-Valérien. On sait ce qu'il en fut. Les Prussiens ont pris des villes par famine et par trahison, jamais à l'assaut. Ils disaient à cela : « Notre bon roi Guillaume veut ménager ses soldats. »

Nos rapports avec les envahisseurs n'ont pas toujours été aussi faciles.

Malgré le drapeau à croix rouge qui flottait sur la porte du château de Daigny, les uhlans venaient sans cesse réquisitionner des fourrages, on les leur refusait. Parfois leur chef insistait ; nous perdions alors un temps précieux en pourparlers.

Après la bataille.. (Page 45.)

Un jour un jeune officier se trouva avoir
affaire à notre collègue Larrieu, Méridional
au teint bronzé et d'un caractère très vif. Le
Prussien s'obstinait; celui-ci, impatienté,
l'envoya promener en termes énergiques et
en lui montrant la porte...

Je ne sais si l'officier comprit les paroles;
mais il vit le geste. Il <u>fut</u> chercher son supérieur. L'affaire pouvait s'envenimer; nous
engageâmes Larrieu à ne pas se montrer.
L'officier supérieur admit nos raisons. Quant
à l'autre, il était furieux et répétait toujours:
— « Pas vous, pas vous; l'homme noir, où
est l'homme noir ? »

Pour éviter de tels ennuis, demande fut
faite au commandant prussien de Sedan d'un
ordre écrit qui mît nos ambulances à l'abri de
toute réquisition.

L'homme noir se chargea d'aller le quérir
et l'obtint.

Toutefois, le propriétaire de céans nous
fut peu reconnaissant de lui avoir sauvé son
foin. Lorsque nous partîmes il nous fit payer
celui que nos chevaux avaient consommé.

Les réquisitionneurs ne négligeaient pas de
visiter en passant mon ambulance. Il n'y avait
plus rien à prendre, il ne m'était pas difficile
de les éloigner. Pourtant il arriva que, pendant

mon absence, un peloton de uhlans s'installa dans les écuries; lorsque je revins ils étaient partis, emmenant deux chevaux, sans s'informer à qui ils appartenaient. Ces chevaux étaient arrivés la veille en vagabonds dans la propriété, où nous les avions recueillis.

Le quartier général des ambulances de Daigny était au château.

C'était là que nous nous réunissions pour prendre nos repas, dont le menu par trop uniforme, malgré les efforts méritoires de notre intendant M. Hours, ne tarda pas à nous fatiguer. Ce menu consistait le plus souvent en un quartier de cheval qui nous était envoyé de Balan. La besogne était rude et le milieu malsain ; la santé de plusieurs s'était altérée ; il parut urgent de remédier à cette insuffisance culinaire.

Dans ce but, nous constituâmes une masse de fonds. M. Larrieu se fit notre économe et notre pourvoyeur particulier.

Doué d'une finesse toute gasconne et d'une rondeur qui plaît en affaires, il sut découvrir, dans le pays même, des volailles et des lapereaux qui avaient échappé à la voracité prussienne. En outre, de concert avec M. Jopitre, ils nous approvisionnaient de poissons qu'ils allaient pêcher dans l'étang du château, ou

dans le vaste bassin attenant à la maison de
M. Lamotte.

M. Lamotte, qui s'était réfugié à Sedan,
une quinzaine de jours après la bataille se
hasarda à visiter son habitation. Il la trouva
comme on sait. Son premier soin fut d'aller
soulever la plaque qui garnissait la cheminée
de la cuisine.

Je vis sa physionomie prendre un air
satisfait.

Toute son argenterie était là.

Il retrouva également des bouteilles de vins
fins, qu'il avait cachées sous les briques du
toit. Dans son contentement il eut l'amabilité
de faire participer nos blessés et nous-mêmes
au bénéfice de cette dernière trouvaille.

NOS AUMONIERS

6

VIII

Le petit père E... — Sa boîte. — Dans le champ des hypothèses.— Le grand abbé L... — Le pasteur protestant. — Une synagogue. — Un quiproquo.

Permettez-moi de vous présenter les deux aumôniers de notre ambulance : le père E... et l'abbé L...

Je n'aurais peut-être pas songé à le faire, je m'en confesse, si leur contraste physique et les dissemblances bien tranchées de leurs caractères ne s'étaient réunis pour donner plus de relief à leur physionomie.

Le premier, petit de taille, humble, silencieux, la tête baissée sous son chapeau à larges rebords, marchait à pas lents, comme gêné par la longueur de sa soutane et harassé

par le poids d'une boîte qui ne le quittait
jamais.

La boîte, presque aussi grande que lui,
renfermait une petite chapelle et les ornements du culte.

Cette chapelle m'a donné à penser. Je me
suis persuadé que celui qui la portait avait
rêvé pour elle de grandes destinées. Il eût
été touchant, en effet, de voir, au moment de
la bataille, à l'ombre d'une forêt, s'agenouiller
près d'elle ceux qu'agitait l'appréhension de
la mort. Qui sait? Peut-être un général la
toucherait-il de son glaive pour appeler sur
lui la bénédiction du Très-Haut, tandis que la
foule des soldats mettrait genou en terre au
bruit des tambours battant aux champs. Plus
beau serait encore le spectacle après la victoire. En plein soleil, sur le sommet d'un
coteau, l'armée entière s'agglomère autour
d'elle, les fanfares retentissent, les armes se
dressent; et, lui, revêtu de ses ornements
sacerdotaux, levant les bras vers le ciel, il
remercie le Dieu des armées.

Souvent les imaginations les plus vives
habitent les cerveaux d'apparences les plus
chétives.

Le père E... eut un rôle plus modeste, qu'il
remplit de son mieux; il ne tarda pas à

tomber malade et dut nous quitter à Sedan
même.

L'abbé L... était aussi grand que l'autre
était petit ; raide, sec, n'ayant qu'un œil, mais
bon, et qui regardait d'aplomb. De santé excellente, il marchait constamment à l'avant-garde.
Il profita du voisinage de la frontière, à Thionville, pour nous fausser compagnie.

Il ne se passait guère de jours qu'il n'eût,
avec un ou plusieurs d'entre nous, quelque
discussion religieuse ou philosophique. Il ne
les fuyait pas ; je dirai plus, il paraissait les
aimer et se laissait emporter par la passion
qui obscurcissait son jugement et le faisait
constamment dérailler. Quand il s'en apercevait, il se mettait tout simplement en colère.

Un pasteur protestant était également atta-
ché à l'ambulance. C'était un homme de
bonne société, instruit comme le sont en
général les ministres de sa religion, très
érudit. Il connaissait l'anglais, l'allemand et
avait l'habitude de fredonner le matin à son
réveil un chant hébreu.

Il fallait même que cette langue lui fût assez
familière, car le rabbin de T..., avec lequel il
avait eu l'occasion de converser, le rencon-
trant avec nous dans sa synagogue, l'invita à
dire les offices. Il déclina cet honneur.

Pour qui ne les a jamais vues, les cérémonies hébraïques, telles du moins qu'on les pratiquait à T..., sont chose fort curieuse. La synagogue est éclairée de nombreux flambeaux, parmi lesquels se trouve inévitablement le chandelier à sept branches. En face des assistants sont les *Tables de la Loi*. Le rabbin, debout, a devant lui la *Bible*, il en psalmodie les versets sacrés en branlant la tête et le corps et ne s'arrête que pour laisser aux fidèles le temps de les répéter, ou d'en dire de nouveaux, avec un ensemble qui laisse beaucoup à désirer. Tous paraissent plus pressés les uns que les autres d'arriver à la fin de l'antienne. Leur voix monte, sans transition, des bas fonds les plus graves aux hauteurs les plus vertigineuses du registre vocal ; elle redescend de même, tantôt forte et stridente, tantôt sombre et voilée.

Cela me fit une singulière impression. Je réfléchis d'ailleurs que ceux-là aussi doivent être fort étonnés, qui assistent pour la première fois aux rites et cérémonies de la religion catholique.

Une petite aventure arriva au pasteur pendant notre séjour à Daigny. On le manda de Balan pour ensevelir un mort. M. P... s'empressa d'autant plus d'accourir que l'occasion était plus rare ; c'était le premier décès d'un soldat protestant. Afin de donner à la cérémonie toute la solennité désirable, il profita du voisinage de Sedan pour emprunter à un collègue de cette ville sa robe et son rabat.

Puis, précédant le cortège, selon le cérémonial, il le guida jusqu'à la demeure dernière : sur la tombe il prononça quelques paroles à l'éloge du défunt.

Or, deux cadavres avaient été placés dans la chambre mortuaire : celui d'un protestant, et celui d'un catholique. Lorsque le petit père E..., en compagnie de sa boîte, arriva pour enterrer son mort, le préposé aux inhumations s'aperçut que le pasteur s'était trompé. Il n'en dit rien pour le moment et laissa le père E... porter en terre celui qui restait. De sorte que, bien involontairement, pasteur et abbé se rendirent un mutuel service. On ne manqua pas de le leur apprendre.

BLESSÉS

IX.

Ambulances étrangères. — Sublime pensée d'un soldat. —
Blessés prussiens et français. — Une guérison rapide.
— Excès chorégraphiques. — Propos de soldats. —
Une jambe mal enterrée. — Moral des blessés.

Nos blessés n'étaient pas en trop mauvais
état. Ils supportaient, avec une insousciance
toute française, leur condition présente, que
nous cherchions à leur rendre la moins désa-
gréable possible. On leur distribuait de temps
en temps quelques douceurs, ou, plus exacte-
ment, quelques cordiaux tels que genièvre,
cognac, vin de Bordeaux qui nous venaient
des Chevaliers de Saint-Jean ou des Sociétés
américaines, belges, anglaises, dont les
convois ravitaillaient notre ambulance.

Deux de mes blessés seulement moururent.
Ils avaient été atteints, dès les premiers jours,
d'une affection qui pardonne peu : le tétanos.

On eût dit que l'un d'eux, simple soldat au
31ᵉ de ligne, avait eu le pressentiment du sort
qui l'attendait. Je trouvai, inscrites de sa main
sur un livre qu'il lisait pour se distraire, les
lignes suivantes :

« Beucher, Baptiste, serait heureux de
donner sa vie pour son pays. »

Neuf blessés prussiens vivaient en bonne
harmonie avec les nôtres, dans la maison de
M. Lamotte. Bien que plusieurs ne parlassent
pas le français et que nos soldats ne compris-
sent rien à l'allemand, ils finissaient toujours
par s'entendre pour se rendre les petits services que comportait leur état.

Le docteur allemand Grimm venait de loin
en loin visiter ses compatriotes. Il avait, de
son côté, dans son ambulance de La Moncelle, un certain nombre de Français qui s'y
trouvaient très bien traités.

Parmi mes blessés, deux Allemands et
quatre Français avaient eu la poitrine traversée
par une balle. J'évacuai les premiers dans un
état peu satisfaisant ; les autres étaient hors
de danger ou guéris. L'un de ces derniers, un
Alsacien du nom de Schüler, avait le côté

droit perforé de part en part. Peu de jours après ma mise en possession de l'ambulance, j'aperçois un soldat qui fumait sa pipe sur le pas de la porte : c'était Schüler.

Un homme avait reçu une balle dans le dos, qui pénétra dans le foie et vint former un abcès à la partie antérieure de ce viscère. L'abcès fut ouvert et le projectile extrait.

Le lendemain, le blessé se promenait dans l'ambulance.

Une balle bavaroise, après avoir passé à travers le genou gauche d'un soldat, s'était logée dans le droit. J'en fis l'extraction. Du genou gauche, je sortis plusieurs fragments d'os. Le blessé, dont les membres inférieurs avaient été tenus dans l'immobilité la plus complète, et qui prenait soin de renouveler lui-même incessamment des compresses d'eau fraîche sur les articulations malades, se trouvait en bonne voie de guérison.

C'était un beau résultat.

Malheureusement, il jugea à propos de donner cours à sa joie en se livrant à des excès chorégraphiques, au milieu desquels je le surpris. Cette imprudence le fit retomber sur son matelas avec une arthrite dont je n'ai pu connaître ultérieurement les conséquences, par suite de notre départ.

Un soldat ayant l'articulation du genou broyée faisait, à ma visite, une fort vilaine grimace. — « Vous n'avez pas dormi ? lui demandai-je. — Eh ! non. — Vous souffrez ? Ayez un peu de patience, votre jambe guérira. — Eh ! c'est pas la jambe, Monsieur le Major, c'est le tabac que vous m'avez promis et que vous avez oublié. »

Il eut son tabac, et sa physionomie changea à tel point que personne ne se fût douté, en le voyant, de la gravité de sa blessure.

Quand je m'éloignai, il chantait.

Un jeune homme de dix-huit ans, nommé Goulu, engagé dans le 3e zouaves, avait été amputé de la cuisse gauche par les Prussiens. Il avait, en outre, deux blessures à la jambe droite. Son moignon lui causait parfois de vives souffrances (c'est la jambe et le pied, absents, qui paraissent alors être le siège de la douleur). — « Ah ! Monsieur le Docteur, s'écria-t-il un jour en me voyant, il faut que ces c... de Prussiens m'aient bien mal enterré ma jambe, car elle me fait b... mal ! »

C'est ainsi qu'au milieu des plus grandes souffrances nos soldats savaient trouver le mot pour rire.

Le moral du soldat français, malgré la défaite, était généralement bien meilleur que celui du soldat allemand.

DE SEDAN A THIONVILLE

X.

Le plus grand nombre de nos blessés
avaient été évacués. Ceux qui restaient furent
confiés respectivement aux ambulances françaises et prussiennes établies dans le pays,
nous nous disposâmes au départ.

Il fut pour moi l'occasion d'un vrai chagrin,
je dus me séparer d'Ali. La difficulté que
j'avais eue à trouver sa pâture, les incertitudes du lendemain m'y décidèrent. J'eus du
moins la satisfaction de le laisser en de

7

bonnes mains. Je repoussai les séductions des marchands de chevaux et le cédai à un de mes confrères qui habitait la contrée et depuis longtemps le regardait d'un œil de convoitise.

Les diverses escouades de la 7ᵉ ambulance se réunirent à Balan et le 27 septembre au matin nous nous mîmes en marche sur Metz.

Nous déjeunâmes à Carignan. C'était un dimanche. J'entrai dans l'église pour la visiter. En ce moment de jeunes enfants chantaient des cantiques ; ces voix fraîches et pures firent agréablement vibrer la note paisible et mélancolique depuis longtemps muette en notre âme, troublée par le bruit du canon et l'écho répété de nos désastres.

Nous reprenons notre chemin. Sur un coteau élevé on aperçoit l'antique abbaye de Saint-Waldfried, un peu plus loin Margut, où nous couchons.

Le lendemain nous nous retrouvons à Montmédy pour la seconde fois. Nous sommes heureux de constater que nos anciens hôtes sont sains et saufs.

Des événements graves s'étaient passés pendant notre absence.

La garnison avait fait quelques sorties heureuses contre les troupes qui la bloquaient.

Pour en tirer vengeance, les Prussiens avaient établi des batteries sur des coteaux qui dominent la place et ouvert le feu contre elle. Mais les artilleurs de Montmédy, la plupart gardes nationaux, ne s'étaient pas laissé intimider. Ils avaient risposté avec tant de bonheur qu'une de leurs bombes ayant éclaté au milieu d'un groupe d'officiers, ceux-ci jugèrent prudent d'abandonner la partie.

Le bombardement avait duré quatre heures. On n'eut à déplorer la mort que de deux personnes de la ville, et encore par le fait d'une imprudente curiosité. L'intérieur de la sous-préfecture et une maison voisine avaient été brûlés.

Si, malgré l'activité du tir de l'ennemi, Montmédy avait peu souffert, c'est que les projectiles avaient passé par-dessus la ville. Ils étaient allés s'abattre dans un champ, en si grand nombre qu'on le dénomma : le *champ des obus*.

Le jour même, nous quittâmes Montmédy.

Non loin de ses murs, entre Vezin et Colmet, nous faillîmes être victimes d'une méprise grave. Quelques médecins, éprouvés par la marche qu'ils venaient de faire, avaient loué une voiture et pris les devants. Je montais le cheval du comptable. M. Després me pria de les avertir de ne pas trop s'éloigner. Je partis au galop. Un zouave en tirailleur dans les bois, me prenant pour un Prussien, me mit en joue ; heureusement, réflexion faite, il ne tira pas.

De leur côté, ses compagnons, auxquels le costume de la Société internationale n'était pas familier, avaient coupé notre petite troupe en deux et croisé la baïonnette devant nos infirmiers, les menaçant de faire feu.

A dix heures du soir nous arrivâmes à Longuion.

Nous venions de faire de fortes étapes, il fut résolu que nous y resterions une journée. Cette décision fut due en partie à Lagny, cocher principal de l'ambulance. Épris de sa profession ou plutôt de ses chevaux, son avis, donné avec conviction, fut souvent d'un grand poids dans la durée de nos marches et contre-marches. Pour adoucir les fatigues de son superbe attelage, il ne s'en épargnait aucune. Il se préoccupait du lendemain, et, plus d'une fois, il arriva que les chevaux avaient leurs rations, tandis que nous n'avions pas la nôtre.

J'ai rarement vu un homme plus malheureux que Lagny le jour où l'un de ses chevaux, harcelé par les tracasseries d'un chien, se couronna en glissant sur le pavé couvert de glace.

Notre écurie s'était accrue d'une mule qui, pour n'avoir pas les mêmes apparences en force et en beauté, ne nous rendit pas moins de signalés services. Épave de la bataille de Sedan, elle avait été attelée à une charrette à deux roues, peinte en vert, de même provenance. Confiée particulièrement aux soins du cocher Monvoisin, celui-ci la baptisa *Fanny*. Il en fit une trotteuse émérite. Loustic parisien, habile aux découvertes et aux approvisionnements, Monvoisin enfourchait Fanny ou l'attelait à la carriole, et de ses excursions jamais ne revenait bredouille.

Tandis qu'on modérait la longueur des étapes en faveur des seigneurs du fourgon, la pauvre Fanny courait, courait toujours. Heureusement pour elle Longuion était bien approvisionné, Fanny se reposa.

Longuion est contenu dans une vallée qu'on voit se perdre dans les bois, à travers l'arche d'un pont, comme par l'orifice étroit d'un stéréoscope. Un cours d'eau, la Crosne, bordé d'ajoncs ; un chemin blanc dans les arbres verts ; de fraiches prairies émaillées de pâquerettes ; voilà tout ce que, en dehors de Longuion, renferme la vallée. Ce presque rien réjouit l'œil.

Le pays produit des écrevisses magnifiques, que prépare admirablement M. Collet, le Vatel de céans. Un superbe buisson de ces précieux crustacés nous fut servi par de gracieuses jeunes filles, enfants de la maison.

Je voulus profiter des loisirs qui nous étaient faits pour débarrasser mon individu des impuretés dues à deux mois de séjour un peu partout. Je courus au bain le plus voisin; la rivière coulait claire dans la vallée, je m'y plongeai. Mais voilà que, croyant avoir affaire à un Prussien, des gamins du haut de la colline s'évertuèrent à me jeter des pierres à qui mieux mieux ; dans le costume où j'étais la situation devenait critique; du geste, de la voix, je réussis enfin à les convaincre de leur erreur.

Au nombre des couvertures données à l'ambulance s'en trouvaient de très chaudes. Elles avaient deux faces : grise et blanche. J'en possédais une en propre. Prévoyant les rigueurs de la saison prochaine ; peut-être inspiré par la fraîcheur de mon bain, je la portai chez un tailleur, qui, sur mes indications, transforma la couverture en un caban court, à capuchon, dans le genre de ceux des chasseurs d'Afrique. Une belle croix rouge, insigne de notre ordre, s'étala sur le côté gauche de la poitrine. Tous voulurent avoir leur caban. Moyennant une petite redevance en faveur des blessés, chaque médecir posséda le sien. Ce fut pour l'Ambulance un uniforme nouveau.

Désormais, afin de nous distinguer des autres, on ne nous appela plus que l'*Ambu lance blanche.*

A six heures, le lendemain matin, nous quittons Longuion. Nous traversons Pierrepont, Boismont, Fillières. En passant nous avons le désagrément d'être pris de nouveau pour des Prussiens. C'est surtout notre casquette plate à visière carrée qui en est cause.

Dans l'après-midi, nous arrivons à Aumetz où nous sommes tous accueillis à bras ouverts. Je reçus l'hospitalité, avec un de mes collègues, de M. Petitcollas.

A ce moment, le comptable de l'ambulance fut envoyé en Belgique, auprès des représentants de notre Société, pour demander des subsides.

Il me confia son cheval qu'il avait acheté à Sedan, drôle de bête dont le corps s'allongeait hors de toute proportion, et dont les jambes trottinaient deux par deux, en un mot, battaient l'amble; toutefois il avait un galop superbe. Il m'aida jusqu'à Metz, ainsi qu'à quelques-uns de mes confrères qui l'enfourchèrent à tour de rôle, à abréger la longueur des étapes.

N'ayant ni tambours, ni trompettes, nous avions emprunté au répertoire des soldats quelques-unes de leurs chansons. Accessibles à tous, grâce à la simplicité de leur style et à leur rythme cadencé, elles ont l'avantage de faciliter la marche sans fatiguer le larynx.

Parfois nous faisions halte pour grignoter un morceau de pain et boire un verre de vin blanc, une chope de bière... ou... une gorgée d'eau.

A peine avions-nous fait quelques kilomètres en dehors d'Aumetz que nous vîmes déboucher sur la route des uhlans cachés jusque-là derrière un fourré.

Ils nous demandèrent notre feuille de route.

Nous avions un laissez-passer du baron Abbedyll, vice-grand maître des Chevaliers de Saint-Jean. Ils s'en contentèrent. Il n'en fut pas de même de leurs chefs qui, sur leur rapport, nous envoyèrent l'ordre de rebrousser chemin; mais nous en avions pris un qu'ils croyaient impraticables à nos fourgons, et quand ils revinrent ils ne nous trouvèrent plus.

A Hayange nous visitons en passant les belles forges de M. Vandael, autour desquelles sont construites, dans les bois, des cités ouvrières dont l'aménagement est fort bien entendu : sur notre passage, les fenêtres se peuplent de têtes de femmes et d'enfants étonnés.

EN PARLEMENTAIRE

XI.

La côte Saint-Michel. — Panorama. — Première excursion
en parlementaire. — Précautions prises par les Prussiens. — Barrage imperceptible. — Au poste ennemi.
— Le saucisson parlementaire. — Le colonel de Mutius.
— Nouvelle excursion. — Émotions imprévues.

Le pays que nous venions de parcourir
n'était pas beau. Avant et après Aumetz ce
sont de hauts plateaux que lourdement sur-
plombe la calotte céleste, des landes de terre
d'une morne uniformité. Aussi quand, parvenus à l'extrémité de la côte Saint-Michel, nous
vîmes se développer à nos pieds, dans une
atmosphère de brume légère et toute enso-
leillée, la vallée de la Moselle où se pressent
en foule villes crénelées et villages aux clo-
chers pointus, ce fut comme un éblouissement.

Je compris sans peine les ardentes convoitises de nos voisins d'outre-Rhin.

On envoya à Thionville prévenir de notre arrivée. Nous entrâmes sans encombre dans cette place, d'où nous ne devions pas sortir de même. Arrivés le 2 octobre, les Prussiens ne nous permirent de partir que le 29 du même mois. Ce fut un temps perdu, car trois ou quatre seulement d'entre nous assistèrent aux quelques sorties de peu d'importance qui eurent lieu pendant ce laps de temps.

Notre chirurgien en chef s'était obstiné à aller à Metz, lieu de notre destination première. Il avait écrit dans ce but au roi de Prusse, dont la réponse arriva à Sedan après notre départ. Le roi nous permettait d'aller... à Strasbourg. Il s'adressa au Prince Frédéric-Charles, qui fit la sourde oreille.

Si les Prussiens avaient pu nous empêcher d'entrer à Thionville même, ils l'eussent fait, ainsi que nous l'apprîmes le lendemain du colonel de Mutius.

Le lendemain, en effet, M. Després voulut se mettre en rapport avec les Prussiens afin d'obtenir le passage à travers leurs lignes. Étant, avec le pasteur protestant, le seul qui parlât un peu l'allemand, j'accompagnai M. Després. Nous nous dirigeâmes à cheval

vers Uckange, laissant flotter au bout de nos
cannes notre cache-nez à croix rouge qui
nous servait à l'occasion de drapeau.

A deux kilomètres environ de la place, nous
vîmes les premières sentinelles prussiennes
se glisser dans les fossés qui bordent le chemin, et ramper à notre rencontre, l'œil au
guet, le fusil en avant ; puis, chaque soldat
se ranger avec précaution, debout, derrière un
arbre, en nous attendant. Quand nous fûmes
proches, ils vinrent se placer ensemble au
milieu de la route de façon à nous barrer le
passage.

Le sergent cria : *Halt!* Nous nous arrêtâmes.
Il vint seul au devant de nous.

Après que je lui eus exposé tant bien que
mal le but de notre voyage, il fut chercher un
officier qui nous conduisit au poste voisin.
Nous vîmes alors ceci : des fils télégraphiques
étaient assujettis aux arbres, au travers du
chemin. Du point où nous avions été arrêtés
on ne les apercevait pas. Un peu plus loin, en
guise d'épouvantail, étaient rangés des canons
de bois, c'est-à-dire un tronc d'arbre supporté
par deux roues de chariot.

On était allé prévenir le colonel de Mutius,
installé au château de Gargan.

En l'attendant, l'officier se montra fort convenable à notre égard. Il s'excusa même de déjeuner en notre présence et nous offrit des cigares. M. Després ne fumait pas, il m'engagea à en prendre un, ce que je fis ; en retour, voyant que l'officier n'avait pour tout régal que des œufs mal apprêtés, et ne voulant pas être en reste de politesse, je tirai de ma sacoche un fragment de saucisson dont il accepta une tranche ; c'était d'excellent saucisson de Lyon que m'avait offert pour la circonstance le pasteur, M. Périer. Toutes les fois que j'allais en parlementaire, soit avec M. Després, soit avec M. Périer lui-même, je l'emportais par précaution ; d'où le nom de *saucisson parlementaire* que lui appliqua le prévoyant pasteur.

Le colonel de Mutius arriva. C'était un homme d'une physionomie distinguée, portant allègrement sa verte vieillesse. Il nous exprima ses regrets de nous avoir fait attendre. Il écouta notre demande et nous interrogea sur notre voyage. Il parut surtout intrigué de savoir par quel chemin nous avions passé. Il étala sa carte. Quand on le lui eut montré, il s'écria : — « Ce n'est pas possible, la route n'est pas carrossable. — Il est vrai qu'elle était coupée, répondit M. Després, mais nous avons comblé les vides avec des branches d'arbres. » Il fut interdit et nous avoua

qu'il avait envoyé des uhlans du côté d'Audun-
le-Roman avec ordre de nous arrêter.

Il conclut en disant qu'il ne dépendait pas
de lui de nous donner un laissez-passer pour
Metz et qu'il en référerait en haut lieu.

On sella nos chevaux, et le colonel de
Mutius, avec un de ses officiers et son médecin,
nous accompagna jusqu'à une petite distance
des avant-postes.

Quelques jours après, je revenais en parlementaire avec le pasteur.

On nous reçut d'une façon quelque peu
différente. Il est vrai que les circonstances
l'étaient aussi. En effet, tandis que nous che-
minions pédestrement, notre petit drapeau à
la main, nous entendîmes brusquement éclater
à nos côtés des détonations multipliées.
C'étaient des francs-tireurs de Thionville, qui,
ignorant la sortie des parlementaires, faisaient
le coup de feu avec les avant-postes ennemis.

Nous continuâmes néanmoins notre marche
en avant.

Les soldats prussiens, au lieu de se porter à
notre rencontre, se tinrent cois derrière leurs
arbres, le fusil en arrêt. Nous avancions toujours; ils ne bougeaient pas. Cela commençait à nous inquiéter. Quand nous fûmes tout
près, ils nous abordèrent en nous baragouinant

8

un tas de choses auxquelles, malgré nos deux sciences réunies de la langue allemande, nous ne comprîmes rien.

Un mot seulement et un geste nous frappèrent. Le geste signifiait : « Tournez-vous. » Et le mot : « Restez tranquilles. »

Cinq ou six soldats vinrent se placer à quelques mètres en arrière de nous.

Comme la femme de Loth, j'étais possédé d'une fameuse envie de me retourner. — « S'ils allaient nous envoyer... quelque chose... quelque part ! » dis-je au pasteur, et un frisson involontaire parcourut mon être ; je me retournai pour voir ce qui se tramait derrière nous. Nos gardiens m'intimèrent aussitôt l'ordre de reprendre ma position première.

Leur but était sans doute de nous empêcher de voir ce qui se passait chez eux, en attendant leur chef, et peut-être aussi de nous laisser exposés les premiers aux balles des francs-tireurs, dans le cas où ceux-ci ne nous reconnaîtraient pas.

Au bout de dix minutes de longue attente, j'entendis les pas d'un nouvel arrivant. Je me retournai sans attendre d'autorisation. C'était l'officier qu'ils avaient été quérir. Nous lui remîmes une lettre, et, après avoir échangé quelques paroles, nous regagnâmes Thionville.

Je me trouvai de nouveau en parlementaire dans une circonstance analogue.

Cette fois j'étais avec M. Després. Une batterie d'artillerie continuait à tirer sur les Prussiens, tandis que nous allions vers eux. Nous ne pouvions nous présenter en parlementaires dans de telles conditions. C'est en dehors des usages de la guerre. Il en était temps ; nous revînmes sur nos pas.

THIONVILLE

XII.

Défense de la place. — Ses ressources. — Le commandant de Sigoyer. — L'heure de l'absinthe. — Sentinelle
fictive. — La *grenate* ne vient pas. — Audace d'un
uhlan. — Soirée interrompue. — Patriotisme des
habitants. — Francs-tireurs. — Le Boiteux. — Oberkamp. — Picard et Prost. — Beau trait d'un commandant prussien.

C'était l'opinion de la ville entière et de la
majeure partie de la garnison que la défense
de la place aurait pu être conduite d'une autre
façon.

Qu'on en juge.

Thionville est une place forte de troisième
ordre ; cent cinquante canons garnissaient ses
remparts ; ses larges fossés étaient remplis par
l'eau de la Meuse. En avant de ses fortifica-

tions se trouvaient des blockhaus construits depuis la guerre.

En 1814, le général Hugo, père de notre grand poète, avait défendu cette ville contre un corps d'armée prussien, qu'il força à se retirer.

Il est vrai que, depuis cette époque, les canons à longue portée ont changé les conditions de la guerre, et Thionville, comme Montmédy, se trouve dominé par des coteaux boisés ; mais, si on y eût construit des forts, ils eussent fait de Thionville un émule de Metz. On n'y avait même pas placé de batteries et l'ennemi s'en était emparé sans coup férir.

Il paraît qu'on songea à incendier les bois ; une sortie eut lieu. Avant qu'on àit pu exécuter le projet, le clairon sonna la retraite du haut des remparts.

On donna pour prétexte que les bois étaient trop verts.

La garnison se composait de deux mille fantassins : quatre cents soldats du 44° de ligne, trois cents évadés de Sedan, douze cents mobiles et un corps de francs-tireurs. Il y avait en outre deux cents dragons et cent cinquante artilleurs avec deux pièces de campagne.

Cette petite armée, en harcelant l'ennemi, eût pu tenir en échec devant Thionville un

corps de quinze à vingt mille hommes. Je
suis convaincu qu'il n'y avait pas trois mille
Prussiens autour de la place. C'étaient des
hommes de la Landwehr et des régiments
éreintés devant Metz qu'on envoyait là, en
quelque sorte en villégiature. Ils n'avaient pas
de canons avec eux.

Des officiers voyaient avec peine qu'on res-
tât dans l'inaction.

Parmi eux se faisait remarquer le commandant de Sigoyer qui, sur les renseignements
transmis par un paysan, fit une sortie heu-
reuse où il s'empara d'un convoi de vivres.
Il fut blessé et la garnison retomba dans le
calme plat.

Certains auraient pu profiter de leurs loisirs
pour apprendre la géographie et, en particulier, la topographie de la place. Je demandai
à un capitaine le nom d'un village que l'on
apercevait des remparts, à un kilomètre de
Thionville; il l'ignorait.

On menait à Thionville la vie monotone de
garnison.

Les officiers d'artillerie seulement se déran-
geaient de loin en loin pour tirer un coup de
canon; encore avaient-ils su accommoder cette
servitude à la régularité de leurs autres occu-
pations. C'était d'ordinaire avant le moment

de l'absinthe. Ils visaient presque toujours les mêmes points. Longtemps l'un d'eux braqua ses canons sur une manière de guérite en avant de laquelle s'agitait une manière de jambes et de bras. Cette sentinelle fantastique qui ne quittait jamais son poste avait été baptisée du nom de Ximmerman. C'était un soldat de bois.

Les Prussiens eux-mêmes connaissaient l'exactitude horaire de notre tir.

J'en eus la preuve la première fois que je fus en parlementaire auprès d'eux. Le lieutenant me dit : — « Monsieur, voici l'heure de la *grenate*, mettez-vous un peu en dedans de la fenêtre. » Sans me déranger, je demandai une explication. — « Ces Messieurs de Thionville, me dit-il, nous envoient une *grenate* tous les jours au même moment. » Et tirant sa montre : — « Encore un quart d'heure. » Un instant après, il la regarda de nouveau et reprit : — « Encore cinq minutes. — Oh ! lui répondis-je alors, ces Messieurs de Thionville sont trop polis pour troubler notre conversation. »

Ce jour-là la *grenate* ne vint pas.

Il nous dit, du reste, qu'elle tombait toujours sur la route en dehors de la maison où, pour

... l'heure de la *grenade*... — (Page 122.)

leur propre sauvegarde, ils avaient retenu le propriétaire.

Leur hardiesse ou leur peu de méfiance était telle qu'un uhlan vint se faire tuer à cent mètres des fortifications. Nos infirmiers furent le chercher. Il avait reçu plusieurs balles, une dans la tête. Son cheval n'avait pas été atteint.

Étant allé avec M. Miard, faire une promenade à cheval dans le blockhaus qui précède la ville, du côté de Malgrange, nous dûmes rentrer dans la place pour éviter les balles prussiennes qui sifflaient à nos oreilles.

Un soir, plusieurs d'entre nous se trouvaient réunis chez le capitaine Tissot. Arrive un mobile : — « Les Prussiens, dit-il, ont mis le feu à un village des environs. » Nous courûmes aux remparts. C'était une grande ferme qu'ils incendiaient.

La garnison ne bougea pas.

Cependant on ne pouvait douter ni de la bonne volonté de la garnison, ni de celle des habitants. Ces derniers formaient une grande partie de *la mobile* et le corps entier des *francs-tireurs*. Les trois frères Tissot, appartenant à l'une des familles notables de Thionville, servaient dans la mobile : l'aîné en qualité de capitaine ; le cadet, de lieutenant ; le plus jeune comme soldat. Ses deux frères étant officiers, ce dernier avait refusé un grade. Tous trois se sont fait remarquer par leur élan et leur bravoure.

Du reste, les Thionvillois sont bons patriotes : — « Quoi qu'il arrive, me disait une mère en me montrant son jeune fils, en voilà un qui sera toujours Français. »

Il n'était pas de jour où les francs-tireurs ne vinssent déranger la quiétude de ces bons ennemis, s'embusquant par-ci par-là, dans un fossé, sous un buisson, derrière un pan de muraille. L'un d'eux, fils d'un négociant de la ville, se distinguait par son habileté de tireur et son excessive audace. Il se nommait Perceval. Les Prussiens le connaissaient bien. Ignorant son nom, ils l'appelaient *le Boiteux*.

Dans une sortie, *le Boiteux* s'était avancé bien en avant de ses compagnons. Ceux-ci lui faisaient signe en vain de rétrograder. — « Revenez donc, Perceval », lui criaient-ils. Mais lui, debout, sans prendre la peine de se cacher, continuait à tirer. Les Prussiens l'aperçurent, et, comme sur une cible, lui envoyèrent une grêle de balles. L'une d'elles l'atteignit au front et le tua.

Tout Thionville assista à son enterrement ;

une partie de la garnison également ; et plusieurs d'entre nous tinrent à honneur d'y représenter la 7ᵉ Ambulance.

Quelques jours avant nous avions encore suivi le convoi d'un brave sous-officier mort en combattant. Son nom était Oberkamp. Appartenant à une honorable famille de Bordeaux, marié depuis peu, il avait tout quitté pour défendre son pays. Ancien lieutenant, il n'avait point attendu d'être réintégré dans son grade. Comme si cet hommage posthume eût pu adoucir les regrets, on rendit à sa dépouille mortelle les honneurs dus à un officier.

Longtemps on remarqua parmi les francs-tireurs un grand vieillard à barbe blanche dont on vantait fort l'énergie et le courage.

Un irrégulier, que les Prussiens auraient bien voulu voir accroché à un arbre, la corde au cou, spectacle joyeux qu'ils s'étaient bien promis de se donner un jour, se nommait Picard. Avec un de ses compagnons, Prost, il ne leur laissait aucun repos. Chasseurs émérites, fins limiers, ils ont tué à eux seuls plus de Prussiens que toute la garnison réunie. Peu de temps après la reddition de la place, j'eus la satisfaction d'apprendre que l'un d'eux s'était évadé. Quant à l'autre, il regardait paisiblement les soldats prussiens entrer dans

la ville. Ceux-ci le reconnurent et s'apprê-
taient à lui faire un mauvais parti. Le commandant ordonna qu'il lui fût amené:

— « Monsieur, lui dit-il, partez vite, voilà
un sauf-conduit. »

On aime à retrouver de pareils traits même
chez des ennemis.

THIONVILLE

(SUITE

XIII.

Un matin, nous fûmes réveillés par des cris
confus au milieu desquels se distinguaient
ceux-ci : « Pas de cheval ! Pas de cheval ! »
sur l'air des *Lampions*. C'étaient des soldats et des mobiles qui s'étaient portés en
foule devant la demeure du commandant
Turnier. Ils voyaient paître, à quelque cent
mètres autour de Thionville, des troupeaux
de bœufs et de moutons, et ils eussent trouvé

tout naturel qu'on les leur envoyât prendre au lieu de leur donner à manger du cheval.

Deux petites sorties seulement avaient eu lieu depuis notre arrivée. A l'une d'elles s'étaient rendus MM. Guillot et Vetault. A l'autre j'avais assisté avec M. Després. Il y avait eu deux ou trois blessés, sans résultat acquis, et, on peut dire, cherché.

Après l'algarade dont je viens de parler, pour calmer l'effervescence, une grande sortie fut résolue. Huit cents hommes y prirent part, secondés par l'artillerie de ligne et les canons de la place.

Nous n'avions pas été prévenus de cette sortie.

Vers huit heures nous l'apprîmes en voyant arriver cinq ou six prisonniers prussiens qui paraissaient très heureux de se trouver en sécurité au milieu de nous.

M. Després et moi partîmes immédiatement, suivis de quelques infirmiers.

Le point principal de la sortie se trouvait dans la direction de Malgrange. Non loin des murs, sur la gauche, une batterie d'artillerie appuyait nos soldats qui se dirigeaient en tirailleurs vers un bois placé en face de nous et s'étendant obliquement à notre droite. De la lisière de ce bois s'échappaient, par intervalles rapprochés, des flocons de fumée. C'était là qu'étaient embusqués les Prussiens.

Thionville leur envoyait de temps en temps des obus qui passaient à quelques mètres seulement au-dessus de nos têtes, en faisant un vacarme épouvantable. On eût dit un bruit de grosses chaînes de fer rudement secouées. Aussi saluâmes-nous le premier que nous entendîmes, avec un ensemble admirable.

Nous nous portâmes vers le hameau, au centre de l'action, et nous nous trouvâmes ainsi entre nos troupes et l'ennemi. Les maisons étant clairsemées, nous entendions les balles siffler des deux côtés à nos oreilles. Quelques-unes venaient s'aplatir contre la muraille, sans faire plus de bruit que celui d'une chiquenaude sur un morceau de bois. Deux de nos infirmiers, MM. Jodelay et Gonet, allèrent bravement chercher dans les champs notre premier blessé de la journée. Il avait été frappé au genou.

Nous relevâmes ensuite un soldat de la ligne blessé au même endroit, et un jeune mobile dont la colonne vertébrale était fracassée.

Bientôt le clairon sonna la retraite.

Une quinzaine de blessés de notre côté, une

soixantaine de morts ou blessés chez les Prussiens, tel fut le résultat de la grande sortie.

On ne prit ni bœufs ni moutons, et les mobiles continuèrent à manger du cheval.

Le lieutenant de Beauchamp avait été blessé. Toujours le premier au feu, ce jeune officier n'attendait pas que son tour de sortie fût arrivé, il prenait un fusil et partait en soldat. Il était posté derrière un arbre lorsqu'une balle vint lui briser le bras gauche. Il dut de le conserver à l'intervention de notre chirurgien en chef.

Ouvrons un paragraphe à messieurs nos infirmiers.

Trop souvent nos collègues des autres ambulances ont eu affaire à des infirmiers maraudeurs, difficiles à manier, se soûlant et s'appropriant, sans trop de vergogne, le bien d'autrui. Les nôtres ne leur ressemblaient en rien et se trouvaient, par leur état, déjà formés à la discipline. Il y avait quatre élèves de Saint-Sulpice, des Lazaristes et des membres de différentes congrégations. Ils faisaient partie de ces Sociétés à des titres divers, certains comme simples servants.

Ils se façonnèrent assez bien à leur nouveau rôle, et l'on pouvait compter sur leur bonne

volonté, qu'il s'agit d'aller chercher des
blessés, de les soigner ou de s'occuper des
besoins de l'ambulance.

Mais, il faut aussi le dire, l'enseignement
qui avait développé en eux de louables
qualités a son côté faible. L'esprit, surexcité
par des études si peu nettes de contours
qu'elles ont été pendant des siècles l'objet de
controverses sans fin, se laisse entraîner faci-
lement en dehors de la réalité. D'autre part, la
discipline morale ploie les volontés et se
résout en une obéissance absolue qui détruit
toute spontanéité. On conçoit que l'équilibre
des facultés puisse parfois se trouver perverti.

Ainsi en était-il advenu de quelques-uns
de nos infirmiers. Leurs collègues eux-mêmes,
oubliant à leur égard la charité chrétienne,
leur faisaient des plaisanteries qui mettaient
en relief toute leur naïveté.

L'un de nos plus infatigables infirmiers
accompagnait nos paroles d'un mouvement de
tête approbateur. Il partait avant même qu'on
eût fini de parler, et revenait presque aussitôt,
tout contrit, s'informer de ce qu'on avait bien
voulu lui dire.

Un autre des plus instruits, puisqu'il appartenait à Saint-Sulpice, me disait pendant une
sortie : — « Monsieur, là-bas, un feu de

peloton. » Vainement je regardais. Du doigt
il me montra de la fumée. Elle était due à un
feu de cheminée dans les bois. Peu après, le
même au même : — « Voyez, Monsieur, des
uhlans dans cette prairie ! » Je prends une
lunette de ses mains. — « Rassurez-vous, lui
dis-je, ce sont des draps de lit qui sèchent au
soleil. » C'est lui encore qui fit cette singulière demande : — « Monsieur, le malade a
fait sous lui, que faut-il lui faire ? » Après
celle-là on peut tirer l'échelle.

Le temps s'écoulait et avec lui nos ressources pécuniaires.

Le comptable, qui avait avec lui la majeure
partie de nos fonds, ne revenait pas. D'un
autre côté, une circulaire, arrivée de Belgique,
recommandait aux chefs d'ambulance de
restreindre leurs dépenses et, par suite, leur
personnel.

Notre personnel s'était déjà réduit de lui-
même. Une dizaine d'infirmiers avaient suivi
en Belgique l'abbé L... Cinq à six chirurgiens étaient partis pour des motifs divers.
Ceux qui restaient, d'un commun accord, se
mirent à la demi-solde.

Les infirmiers avaient trouvé un asile gratuit dans l'hospice civil de Thionville, où ils
se nourrissaient à bon compte. Quant à nous,

nous prenions nos repas à l'Hôtel du Luxembourg ; nous réduisîmes notre ordinaire.

C'était à table que se passaient les meilleurs moments de la journée. Là seulement nous nous trouvions tous réunis.

On y apportait les nouvelles recueillies en ville, ses appréciations sur les événements du jour. On y causait un peu de tout. Chacun dans le sans gêne laissait éclater l'originalité de son esprit, que venait stimuler parfois un petit verre de vin vieux des coteaux de Guentrange.

Notre chirurgien en chef, jusque-là buveur d'eau, se familiarisa avec cette bienfaisante liqueur, qui l'avait guéri d'une indisposition causée par l'eau de Thionville. Il devint plus causeur. Souvent il nous étonna par des faits de mémoire vraiment prodigieux. Parlait-on de Virgile ou d'Horace, il en récitait toute une tirade ; une citation quelconque lui rappelait son auteur ; et je me souviens qu'il nous débita une épître entière de Boileau, qu'il n'avait point relue, nous dit-il, depuis le collège.

De Montfumat avait la spécialité des à-propos piquants qui foudroient leur homme. Larrieu se faisait remarquer par sa vivacité gasconne qui s'alliait à une sorte de bonhomie goguenarde. Plus calme, le docteur Calmeille glissait quelque sentence ou quelque pensée sentimentale qui contrastaient avec sa physionomie de Musulman satisfait ; parfois, au contraire, il vous ensevelissait sous une avalanche de jeux de mots et de calembours ; il empruntait alors jusqu'aux ressources de la langue latine : c'est ainsi qu'il avait baptisé le pasteur Périer, *Pater hic est* (Père y est). Jopitre, conteur sans pareil, Miard, raisonneur subtil ; Nancel, élégant et disert ; Vetault, Soubise, donnaient leur note dans le concert général ; Guillot, le Porthos de l'ambulance, le dominait de sa voix enrouée, qui souvent subissait des éclipses totales.

Nul n'avait son sosie. « La 7e Ambulance est une Ambulance *typique* », disait le pasteur faisant aussi son mot, et tout étonné de se trouver en une semblable société de francs penseurs et de francs diseurs.

La vie en commun a cela de bon qu'elle empêche l'individu de s'affaisser sous le poids des événements ; ce qui reste dans l'un d'énergie et de bonne humeur est l'étincelle qui ranime le foyer.

Nous fîmes la rencontre à Thionville d'un aumônier militaire qui s'annexa à notre ambulance.

Encore un type !

Bel homme, le verbe haut, il nous apparut aussi décidé que le petit père E... était paisible et silencieux ; rien d'ailleurs qui rappelât en lui la raideur scolastique du père L... Bon enfant au possible, il nous tutoyait et nous appelait : *Ma vieille.* Chaussé de longues bottes que laissait voir sa soutane haut levée, il fumait la pipe, buvait de l'eau-de-vie et jurait au besoin.

Lorsque nous quittâmes Thionville, il nous suivit ou plutôt il nous précéda, s'arrêtant en chemin chez les confrères du lieu.

L'abbé entamait ainsi le récit de ses aventures : — « Je viens de Metz, mes bons amis, j'étais à Borny, Saint-Privat, Mars-la-Tour, Gravelotte. — Vous étiez à Gravelotte, monsieur l'abbé? — Oui, mes amis, j'étais à Gravelotte, et ça chauffait bougrement, allez! » A cet adverbe ronflant, le collègue ouvrait de grands yeux et la gouvernante restait ébahie, n'en croyant pas ses oreilles. Lui continuait : — « J'ai eu un cheval tué sous moi; je ne sais vraiment pas comment je n'y ai pas laissé ma peau... Il fallait voir nos soldats! Des enragés!... Ah! les Prussiens peuvent se flatter d'avoir reçu une fameuse tripotée! »

Une pose était laissée à l'admiration !

L'abbé poursuivait : — « A Saint-Privat, ils m'ont pincé. » Anxiété dans l'auditoire. — « Attends donc, ma vieille, je leur échappe et je viens à Thionville. J'avais perdu tous mes effets; heureusement que de bonnes âmes y ont pourvu ; l'un m'a donné des chemises, l'autre des chaussettes, enfin le nécessaire. »

On félicitait l'abbé, et, croyant le récit achevé, la bonne, sur un signe du maître, se dirigeait vers la cave d'où elle nous rapportait quelques échantillons du cru.

Bientôt l'abbé reprenait : — « Ce n'est pas tout, mes amis, je voulais rejoindre mon régiment. Je pars. A peine dans leurs lignes, les Prussiens, me prenant pour un espion, me mettent tout nu. Puis, voyant qu'ils se sont trompés, ils me disent que je peux partir ! Merci bien. Je commençai d'abord par remettre mes vêtements ; et ils me permirent, non d'aller à Metz, mais de rentrer à Thionville... Et me voilà! »

Sur ce nous quittions nos hôtes, après les avoir remerciés de leur bon accueil.

Du reste, si l'abbé tenait bravement le verre en main, il se comportait bien ailleurs à l'occasion. Je l'ai vu à Thionville, le jour de la grande sortie, marcher dans les rangs des soldats qu'il encourageait par son exemple et ses paroles : — « Allons, mes amis, leur disait-il en face des Prussiens, ils ne sont pas si méchants qu'ils en ont l'air... Tiens, prête-moi ton fusil, tu vas voir comme je vais t'en démolir un ! »

L'abbé nous accompagna jusqu'à Orléans où il nous quitta pour rejoindre son corps.

PRISONNIERS

XIV.

Espoir de délivrance déçu. — Nous quittons Thionville.
— Comment les Prussiens entendent la convention de
Genève. — Le colonel *Fer de Lance*. — Le général
Hartman. — Ruses grossières. — Une ménagerie. —
Déjeuner frugal. — Mauvais traitements. — Chants
du crépuscule. — Où l'on revoit le colonel. — Un
intendant. — Rentrée à Thionville.

De temps à autre quelques éclairs de délivrance venaient de Metz, avec le bruit du
canon, réchauffer nos espérances.

Nous avions supputé ce que pouvait con-
sommer de vivres l'armée de Metz. Ils devaient
commencer à manquer. Thionville possédait
assez de provisions pour alimenter cent mille
hommes pendant quinze jours ; on avait
entassé le blé et la farine jusque sous les

10

portes de la ville ; nous pensions que Bazaine viendrait les chercher. Au pis aller, il était permis de supposer que le Maréchal, après avoir assuré ses communications et ravitaillé Metz, se réfugierait dans le Luxembourg.

Le 7, une canonnade formidable se fait entendre. Bientôt nous percevons distinctement la fusillade et le crépitement des mitrailleuses. Le moment attendu semble arrivé. Les habitants courent aux remparts pour saluer nos troupes victorieuses.

Vain espoir ! Bazaine faisait sa fausse sortie de Ladonchamps.

D'un autre côté, l'autorisation du prince Frédéric-Charles concernant notre départ n'arrivait pas. M. Després résolut un coup d'audace. Il nous fit quitter Thionville sans l'aveu des Prussiens, espérant qu'une fois partis ils nous permettraient au moins de passer en Belgique.

A peine entrés dans leurs lignes, nous trouvâmes une escouade de uhlans. — « Ah ! Messieurs, vous êtes en retard d'une heure », nous dit l'officier.

En effet, nous devions partir à huit heures, il en était neuf.

A dater de ce moment, nous étions prisonniers et traités comme tels, malgré notre neutralité garantie par la convention de Genève. Des uhlans nous avaient entourés ; ceux d'entre nous qui étaient à cheval durent en descendre et conduire leur monture.

C'est ainsi que nous fûmes présentés au colonel prussien qui commandait à Basse-Yütz.

Singulier personnage que ce colonel ! Sec et raide, on eût dit qu'ayant reçu un coup de lance rappelant certain supplice chinois, une partie de l'arme s'était oubliée en un point de la colonne vertébrale : le train postérieur se refusait au service. Comme nous ignorions son nom, nous le désignâmes sous celui de *colonel Fer de Lance ;* sa physionomie était revêche et tel aussi son caractère. Ce devait être quelque vieux soudard parvenu, car il ne parlait pas français, chose rare pour un officier supérieur allemand. Il nous reçut en proférant avec violence quelques cris gutturaux qui nous parurent être une série de jurons. Cela voulait dire qu'on nous menât à Bertrange auprès du général qui déciderait de nous.

Le colonel, homme de précaution, augmenta notre escorte : un peloton de vingt hommes prit l'avant, un égal nombre l'arrière, d'autres s'échelonnèrent sur les côtés. Nous traversâmes Hautham, Valmerstroff, Distroff, Stukange, Imeldange, toujours à pied, dans un chemin affreusement détrempé et mal uni. Il nous était interdit de franchir le fossé du chemin où nous aurions trouvé un sentier moins boueux ; on menaça de tirer sur qui ferait mine de fuir.

Un officier m'adressa quelques paroles et m'engagea à remonter sur mon cheval : à peine l'avais-je enfourché que celui qui commandait en chef m'enjoignit de redescendre.

A ce moment, nous apercevons dans la direction de Metz deux grandes lueurs au milieu d'une épaisse fumée, des flammes montent vers le ciel en langue de feu. C'étaient deux fermes que les assiégeants incendiaient.

Enfin, nous arrivâmes au quartier du général Hartman.

Il refusa de nous recevoir.

Comme on insistait pour qu'il nous fût permis d'aller sur territoire neutre : — « Vous allez revenir à Thionville par le même chemin, nous fut-il répondu, et, si vous ne voulez pas, on vous fera marcher de force. » Il est bon de dire que la route directe à partir de ce point eût été deux fois moins longue à parcourir. Ils agissaient ainsi, soit qu'ils voulussent nous vexer, soit pour nous tromper sur la force de leur contingent autour de Thionville. Peut-être dans l'un et l'autre but.

En tout cas, le second ne fut pas atteint; nous n'eûmes pas de peine à nous convaincre de la faiblesse de l'investissement.

Il y avait là des chasseurs, des hussards, des cuirassiers blancs, des Bavarois, des Prussiens, des Polonais, un peu de tous les corps et de toutes les nationalités. Cette diversité en tous genres pouvait faire illusion. Afin sans doute de la rendre plus complète, ils firent défiler devant nos yeux un régiment entier, musique en tête; puis ce même régiment, rétrogradant après s'être dérobé à nos regards derrière un pli de terrain, nous apparut de nouveau, ainsi qu'au théâtre les mêmes comparses reviennent sur la scène pour simuler une grande armée.

Il est curieux de voir combien ces naïfs Allemands ont de penchant pour ces ruses grossières.

Nous avons déjà fait connaissance avec leurs canons de bois et leurs factionnaires postiches. On sentait bien qu'avec leurs grand sabres, leurs costumes voyants, leurs patrouilles, leurs revues et leurs parades militaires perpétuelles dans les villes envahies, ils avaient surtout en vue d'effaroucher les populations. On leur voyait fourbir leurs lattes toute la journée, sur le pas des portes, comme s'ils en avaient fait un usage terrible, comme s'ils avaient remporté des victoires autres que des combats d'artillerie à longue portée.

Ils ne peuvent s'imaginer combien sont ridicules leurs grandes personnes guindées dans des uniformes bariolés ! Celui-ci était tout de vert habillé, vert clair, s'il vous plaît ; celui-là tout de rouge ; cet autre, de jaune ou de bleu.

On eût dit, quand ils se trouvaient réunis, une ménagerie d'échassiers multicolores.

En France, une patrouille se compose tout au moins de quatre hommes et un caporal. Le chiffre est proverbial. Eux ont simplifié, deux hommes suffisent. L'un devant l'autre ils parcourent la ville ; celui qui précède commande à celui qui va derrière emboîtant le pas. Un officier vient-il à passer, le premier crie en son jargon : — « Portez arme ! » et tous deux à la fois portent les armes. Au détour d'une rue, il commande : — « Par file à gauche ! » file à gauche et son camarade le suit.

Deux fois plus de patrouilles, deux fois plus de tapage ; deux fois plus de monde en apparence.

Ils étaient fourbes en paroles comme en action. Leurs officiers nous dirent au sujet de Thionville : — « Notre bon roi Guillaume sait que Thionville doit lui appartenir, aussi il ne veut pas bombarder Thionville. » Quelques jours après le bon roi Guillaume faisait bombarder Thionville de la façon que l'on sait.

Les soldats eux-mêmes ébauchaient parfois, sur le modèle de leurs chefs, des facéties d'un goût douteux.

Étant à Beaugency, je vis entrer brusquement dans une maison un gaillard à l'air terrible ; sa barbe, comme ses cheveux d'un blond rutilant, était enroulée en tire-bouchons inégaux ; à l'extrémité de son fusil était un sabre à dents de scie. De la crosse, il frappa violemment par terre, disant : — « Du pain, Madame ! ». La pain était très rare en ce moment à Beaugency ; c'était le lendemain de la prise de la ville. La dame du logis fut fort effrayée. — « C'est ici une ambulance », dis-je au soldat ; aussitôt, il porta la main à son casque et tourna les talons. J'eus cependant le loisir de lui faire un petit compliment sur son aspect féroce et son arsenal redoutable. Il se mit à sourire.

Le soldat allemand a, en général, le respect des ambulances et des médecins, quoi qu'on ait pu dire et qu'on ait pu faire ; ils savent que là ils trouvent, à l'occasion, le repos nécessaire,

un gîte et pour leurs blessures des soins im-
partiaux.

Il est fâcheux que leurs chefs n'aient pas
eu tous les mêmes sentiments.

Cette pensée me ramène au général Hartman, que je commençais à oublier et vous aussi
peut-être, lecteur. Mais que voulez-vous ?
Quand je me rappelle notre promenade de 50
à 60 kilomètres, il ne manque pas de me revenir sur les Allemands quelque peu flatteur
souvenir.

Nous rebroussâmes chemin comme l'or-
donnait le général Hartman, le bien nommé
(*Mann*, homme ; *Hart*, dur.)

Bientôt au sentiment de la colère s'ajouta
une sensation pénible : la faim. Ni le général,
ni l'exécuteur de ses œuvres n'avaient songé
à nous offrir à déjeuner. Ce dernier voulut
bien pour cela nous accorder dix minutes ;
c'est tout ce qu'il nous donna. De pauvres
habitants d'un village consentirent à se démet-
tre, en notre faveur, du peu de pain qu'ils pos-
sédaient, et le *saucisson parlementaire* du
pasteur fit là son dernier voyage.

Les dix minutes expirées on se remit en
marche.

Nous vîmes arriver devant nous, au grand
trot de son immense cheval, un jeune officier

de bleu azur vêtu. Ce messager, aux couleurs
célestes, quoiqu'il s'adressât à de faibles mor-
tels, daigna être poli. En manière d'excuses,
il nous laissa entendre que cette réception peu
aimable était due à ce que, de Thionville, on
avait tiré sur leurs parlementaires. Ces parlementaires précisément accompagnaient notre
caissier. Ce dernier fait eût dû lui montrer
qu'en nous faisant responsables d'un acte
pareil c'était nous en rendre deux fois victimes, notre caissier n'ayant pu nous rejoindre. Peine perdue ! Nos explications ne
modifièrent nullement leur manière d'agir.

Quelques-uns d'entre nous commençaient à
tirer la jambe; ils ne marchaient qu'avec
peine à l'arrière-garde. Non seulement il ne
leur fut pas offert de monter sur les chevaux
qui étaient libres de cavaliers, mais encore
les uhlans poussaient les retardataires de leurs
armes et du pied de leurs chevaux. Le pasteur,
M. Périer, eut le talon déchiré, et je vis le
moment où, frappé à l'épaule d'un coup de
plat de sabre, M. de Montfumat, le couteau à
la main, allait se précipiter sur son brutal
agresseur.

Exécuteur rigide des ordres de ses chefs,
l'officier qui commandait le détachement,
tandis que nous pataugions dans la boue, ·

s'amusait à faire sauter son cheval par les champs. Jeune, grand, la figure sillonnée par un coup de sabre, il se nommait le comte Faust. Il avait habité Bordeaux.

Tout en marchant cahin-caha, tant bien que mal, le crépuscule arriva.

La vue de la pâle Phœbé montant à l'horizon donna un autre cours aux idées malfaisantes de nos cerbères, qui se laissèrent aller à leur mélancolique nature. L'un d'eux se mit à fredonner, un autre l'imita, et, peu à peu, toute la bande se mit à chanter en chœur des airs du pays.

L'harmonie de leurs chants fit tomber notre colère et nous nous surprîmes à les écouter avec plaisir, confirmation éclatante de cet aphorisme connu : la musique adoucit les mœurs.

Ainsi nous atteignîmes Basse-Yütz pour la seconde fois.

Ce fut alors une tout autre gamme entonnée par le trop fameux *Fer de Lance*. On nous traduisit ainsi ses paroles : — « Messieurs, vous allez vous mettre en rang comme des soldats, si l'on ne vous ouvre pas les portes de Thionville, si l'on tire sur vous et que vous reveniez vers nous, vous aurez notre feu. »

On commanda aux soldats qui formaient notre escorte de charger leurs armes.

La nuit était sombre ; amis et ennemis se ressemblent dans les ténèbres ; déjà, ayant aperçu à la lueur de la lanterne du fourgon un mouvement de gens et d'armes, un officier français avait pointé une pièce dans notre direction. La position était critique. Un officier, polonais d'origine, eut pitié de nous ; il obtint qu'on nous adjoignît un trompette.

Nous nous mîmes en marche ; à l'appel du clairon, le clairon répondit. Nous en éprouvâmes un grand soulagement. Des pourparlers s'engagèrent sous les murailles ; après les formalités d'usage, un à un et nominativement, nous entrâmes dans la ville.

Tout cela avait demandé beaucoup plus de temps que je n'en mets à le raconter.

Lorsqu'on vint annoncer au commandant de Thionville que le clairon parlementaire s'était fait entendre et que l'ambulance demandait à ce qu'on lui ouvrît les portes, il se trouvait au café de la ville avec l'intendant qui lui dit : — « C'est l'ambulance, ne vous dérangez donc pas. » Et l'on dira que l'intendance n'est pas une invention admirable ; on parle toujours de la réformer. En ce cas, je recommande tout spécialement M. l'intendant J...

Les soldats seront au moins prévenus que, s'ils réclament, il leur sera répondu : — « Tant pis pour vous, mes chers amis, vous savez que je n'aime pas à me déranger. » Leur colonel saura à quoi s'en tenir. Et alors, il arrivera ce qui s'est passé à Metz. Les soldats de la division du général Camo ont mangé du pain convenable et en quantité suffisante jusqu'au dernier jour, grâce à leur chef de corps qui a bien voulu s'occuper des subsistances, tandis que leurs camarades mouraient de faim.

DOUBLE EXÉCUTION

XV.

Un coup de pied qui se paie cher. — Andersen; — Un
adjoint de village. — Conseil de guerre. — L'un de
nous arrêté comme espion. — Marche funèbre. —
Émotion du pasteur. — Après la vie. — Les deux
violences.

— « Un Prussien ! un Prussien ! » disait
un gamin à ses camarades de Thionville en leur
montrant un jeune homme, vêtu en campa-
gnard, qui tranquillement cheminait par les
rues. — « Allons donc! un Prussien! crois-tu
qu'il se promènerait comme ça sur la place
publique devant tout le monde ? » répliquaient
les autres. — « C'est un Prussien! je vous
dis. J'en suis bien sûr ; même, quand il était

chez nous il m'a donné un grand coup de pied dans le derrière. »

Cette raison parut péremptoire. Tous alors de répéter : « Un Prussien ! un Prussien ! »

Les passants s'attroupent. On examine ; on chuchotte ; on aborde l'individu. Il était avec un homme des environs, très connu dans la ville, qui dit que c'était son neveu. Mais on ne lui en connaissait pas, et, l'enfant, persistant dans son affirmation, on les arrêta tous deux.

Ils furent traduits en Conseil de guerre.

J'assistai aux débats.

Le jeune homme avoua qu'il était officier dans l'armée prussienne ; il était âgé de 20 à 22 ans, et se nommaît Andersen. L'autre, chose triste, était adjoint et remplissait les fonctions de maire dans une commune voisine. Je tairai son nom, car il avait des enfants, bien que ceux-ci ne puissent être rendus responsables de la faute paternelle.

L'officier ne devait pas ignorer les décisions terribles du code militaire en pareille occurrence ; il fit cependant aussi bonne contenance que possible devant ses juges.

Pour expliquer sa présence dans Thionville, il dit : — « J'avais été malade et, comme on m'a dit qu'il y avait de bons hôtels à Thionville, je voulais faire un bon dîner et boire du champagne. » Ces raisons ne parurent pas suffisantes, quoique vraies peut-être, et le malheureux jeune homme dut se reprocher avec amertume le malencontreux coup de pied qui avait eu pour résultat de graver plus profondément ses traits dans la mémoire de l'enfant.

Son compagnon était âgé d'une cinquantaine d'années.

Il avait l'œil petit, mais vif et intelligent ; sa bouche fine était comprise entre un nez et un menton qui s'avançaient en pointe à la rencontre l'un de l'autre. C'était un type de cette bonhomie cauteleuse que l'on retrouve, comme un masque, sur la physionomie de certains paysans, esclaves en apparence de leurs maîtres, mais bien plus de leurs intérêts. On disait qu'il avait dépouillé à son profit une partie de sa famille. Il argua pour sa défense qu'il avait donné des renseignements utiles au sujet d'un convoi de vivres, tombé entre les mains de la garnison.

D'où il résulterait que le bonhomme avait essayé, comme on dit vulgairement, de ménager la chèvre et le chou.

Tous deux furent condamnés à mort.

A partir de ce moment les Thionvillois

virent des espions un peu partout, principale-
ment où ils n'étaient pas. C'est ainsi que notre
ami Lemarchand, ayant quitté son uniforme,
et remplacé par un chaud couvre-chef en peau
de loutre la frêle casquette d'ordonnance, se
vit un jour appréhendé au collet et, bon gré
malgré, conduit au poste.

Le pasteur protestant de notre ambulance,
seul prêtre réformé à Thionville, fut autorisé
à s'entretenir avec l'officier prussien. Le 28,
il lui annonça que son pourvoi était rejeté et,
le lendemain, il dut l'accompagner sur le lieu
d'exécution. C'était la première fois qu'une
aussi douloureuse mission lui était confiée.

L'aumônier militaire, dont j'ai précédem-
ment parlé comme s'étant adjoint à nous,
assistait l'autre condamné.

Au lever du jour, les deux patients furent
dirigés, dans une voiture, vers la partie des
fortifications qui touche à la caserne de cavalerie. Toute la garnison était sur pied. A leur
approche, la musique du régiment se fit
entendre et joua pendant tout le défilé, qui eut
lieu au petit pas des chevaux. C'est la voiture
qui défila devant les troupes rangées sur son
passage, ce qui abrégea pour eux l'angoisse
de l'attente.

Pour un stoïcien, d'ailleurs, mourir ainsi,

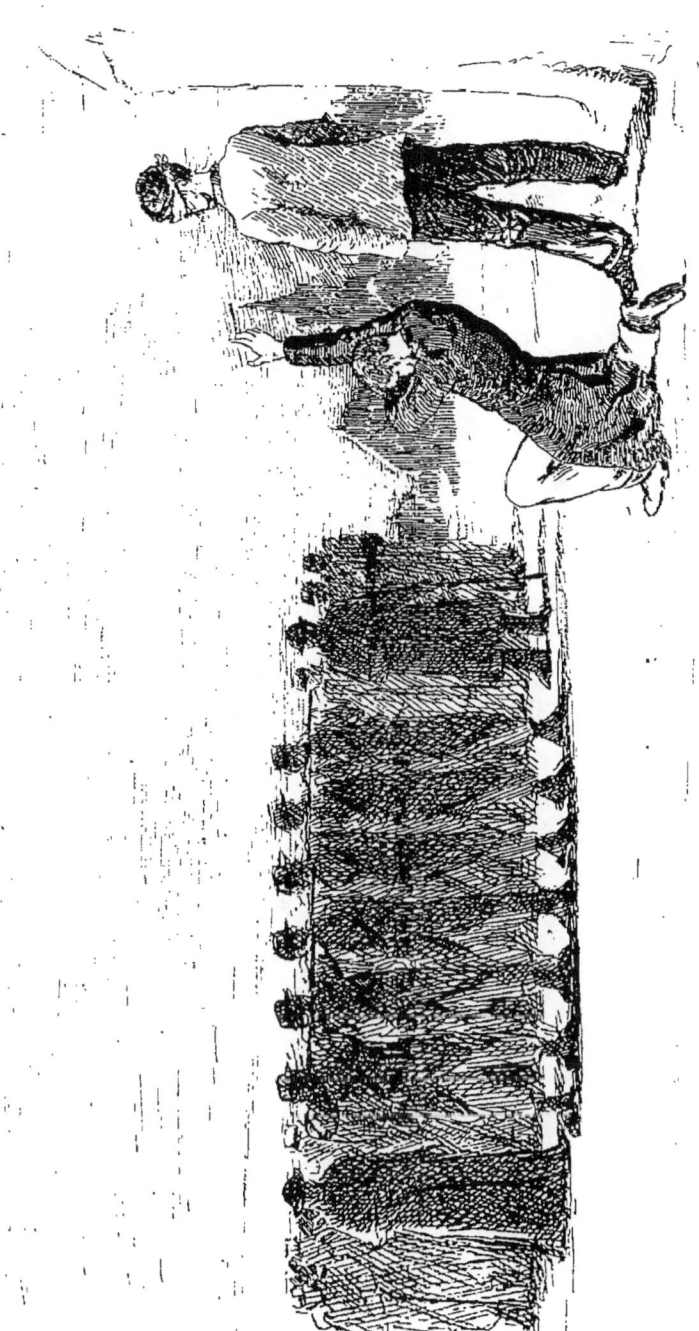

... je le vis lever les bras au ciel... (Page 165.)

tout à coup, tandis que les airs retentissent de joyeux concerts, ce peut être une belle mort; mais, pour le spectateur, le contraste est cruel.

Andersen, sur les instances du pasteur, se laissa bander les yeux.

Il se tint debout.

On fut obligé de soutenir son compagnon qui se laissa choir sur les genoux. Placé à vingt mètres de là, je le vis lever les bras au ciel en signe de pitié et je l'entendis s'écrier :
—« Mes bons amis, ne me tuez pas, pour mes enfants, au nom de la France... » Un double feu de peloton interrompit ces paroles.

Andersen était tombé comme un peuplier sapé par sa base.

Deux soldats, se détachant du groupe, vinrent donner le coup de grâce.

Puis je vis le pasteur protestant s'avancer vers le cadavre de l'officier. Celui-ci, sans doute, lui avait fait cette recommandation suprême. A peine l'eut-il approché qu'il fit un mouvement de recul comme s'il chancelait, je crus qu'il allait tomber tant son émotion était vive.

Puisque j'avais eu le courage de la simple curiosité, je voulus avoir le courage de la curiosité scientifique.

Je me rendis donc à l'hospice militaire où l'on avait apporté les corps. Ils étaient exposés, nus, dans la chambre mortuaire. Les balles les avaient traversés de part en part. On en comptait onze sur celui d'Andersen ; l'une d'elles en plein cœur.

En le retournant pour voir si, à la distance où ils avaient été fusillés, l'ouverture d'entrée du projectile était plus grande que celle de sortie, ainsi qu'il est écrit dans les auteurs ; j'éprouvai une sensation pénible. La vie moléculaire, en quelque sorte, subsistait encore, les cadavres n'avaient pas pris la température ambiante, ils étaient chauds.

Tandis que je m'éloignais de cette scène de deuil et m'apprêtais à franchir les grilles de l'hospice, un infirmier m'avertit qu'il y avait là un homme grièvement blessé. Il me pria de l'examiner en attendant le chirurgien de la maison. Cet homme avait trois ou quatre blessures, aucune dangereuse. Seulement, ayant perdu beaucoup de sang, il était très effrayé et avait communiqué son épouvante à ceux qui l'entouraient.

Ce blessé était un brave paysan des environs qui avait été, à propos de foin, sabré par des soldats prussiens. — « Ils m'auraient achevé, me dit-il, si un chef, meilleur que les autres, ne les en eût empêchés. »

Je venais de me trouver ainsi successivement en présence de deux violences, violence légale et violence individuelle.

J'en étais profondément attristé.

Je me disais que, si les inimitiés ne se perpétuaient entre les peuples, trop souvent, hélas ! dans l'intérêt seul de ceux qui les gouvernent, les guerres auraient moins l'occasion de se produire ; avec la guerre, ses lois nécessaires, mais terribles, et ses conséquences funestes provenant du caractère particulier de ceux qui y prennent part.

DE THIONVILLE A METZ

XVI

Le 26 octobre, le général Hartman nous fit parvenir l'autorisation d'aller à Metz, dont la reddition était décidée.

Un certain nombre d'officiers firent tous leurs efforts pour nous retenir. Après avoir usé de persuasion, ils essayèrent même de la contrainte en s'adressant au commandant ; mais celui-ci déclina son autorité.

Nous quittâmes donc Thionville avec la certitude cette fois de n'être plus ramenés par les Prussiens.

Les sentinelles ennemies nous arrêtèrent à Daspich et nous conduisirent au château de Gargan auprès du colonel de Mutius. Celui-ci nous garda jusqu'au lendemain. Il trouvait que nous nous étions un peu trop pressés de profiter de la permission octroyée.

Le colonel était venu à notre rencontre avec un bouquet de violettes à la boutonnière. Les officiers, joyeux comme lui de la prise de Metz, nous montrèrent plus de franchise. — « En voyant ce qui se passe à Metz, dit un prince, capitaine de la Landwehr, j'ai compris la République de France. »

Néanmoins nous étions en quelque sorte prisonniers ; il nous fut interdit de franchir la lisière du bois.

Nous couchâmes dans les communs.

Au matin, nous aperçûmes de nos fenêtres les soldats prussiens faisant leur toilette dans un ruisseau. Ils démêlaient leurs poïls roussâtres en se mirant dans des fragments de glace. Leur longue barbe est pour eux un objet de coquetterie ; mais, lorsque les exigences de la guerre ne leur permettent pas de lui donner les soins nécessaires, ils sont dégoûtants.

La jardinière du château nous fit une copieuse et succulente soupe aux choux qui nous lesta pour le voyage.

Les petits villages que nous traversons sont encombrés de troupes ennemies.

Un pont coupé sur un petit affluent de la Moselle; quelques terrassements où avaient été établies des batteries prussiennes; quelques habitations crénelées; voilà tout ce que nous avons vu de cette fameuse ceinture de fer qui, au dire de Bazaine, enserrait la ville de Metz.

Çà et là, dans la plaine, se dressent de petites cabanes construites avec de la terre et des branches d'arbres. Elles ont abrité des soldats prussiens. Chacun avait mis à bâtir sa hutte tout l'art dont il était capable. Désertes en ce moment, elles avaient été envahies par l'eau des pluies qui en faisait de véritables cloaques. Ces cabanes étaient disposées de manière à servir, jusqu'à un certain point, de rempart contre les projectiles.

Les Prussiens construisent ces abris lorsqu'ils doivent séjourner et que les habitations ne peuvent les contenir. Naturellement ils préfèrent celles-ci où ils sont mieux à couvert, et qu'ils s'empressent de mettre en état de défense en y perçant des meurtrières. Dans les villages et dans les villes dont ils occupent les faubourgs, c'est là leur premier soin. Ils se distribuent ensuite avec ordre dans chaque rue, chaque maison, inscrivant à la craie sur les portes le numéro des régiments, le chiffre des hommes, le grade et souvent même le nom des chefs.

Au premier signal, ils sont prêts.

Que nous étions loin de voir chez nous un ordre pareil! Tandis que les soldats couchaient sous la tente, souvent les officiers allaient chercher un gîte et une meilleure nourriture dans un village ou une habitation éloignés. Dans les villes, ils se logaient au hasard. Aussi, quand l'instant du départ arrivait, les uns et les autres erraient par voies et par chemins, demandant leur régiment aux échos d'alentour. De là cette multitude de traînards de tous rangs qui suivaient nos armées en campagne. On avait eu ce triste spectacle lors de la guerre d'Italie; aujourd'hui c'était pire.

Je raconte ces choses, non par esprit de dénigrement, certes, mais parce que je crois qu'il faut profiter des bons exemples, d'où qu'ils viennent.

A mesure que nous avancions, le chemin devenait de plus en plus fangeux. La pluie tombait à torrents. Ce n'est pas sans émotion

que nous aperçûmes Metz. Bientôt nous fûmes
sous ses murs.

En face de nous la ville, jusqu'alors inviolée;
sur la gauche, oscillant à l'horizon, de longues
lignes noires que l'on voyait progresser avec
lenteur; c'était une partie de notre armée que
l'on menait en captivité. Le reste, près de
nous, pêle-mêle dans ces plaines boueuses, se
préparait au départ. Les cavaliers avaient
peine, avec leurs grandes bottes, à se tirer de
cette fange; des soldats harassés de froid et
de fatigue se couchaient sur le bord du chemin, quelques-uns pour ne plus se relever;
certains prenaient un peu de nourriture. Leurs
gardiens bousculaient et les uns et les autres.

Du côté opposé défilait une division prussienne sous le fort Queleu, muet depuis deux
jours.

Avec ses forts détachés : Queuleu, Saint-
Privat, Plappeville, Saint-Quentin, Saint-
Julien et ses fortes murailles, Metz était
imprenable. C'étaient nos soldats, qui depuis
leur arrivée, avaient complété sa défense; car,
avant cette époque, Metz, ville d'avant-garde,
Metz, porte de la France, avait été victime de
la même négligence que les autres places fortes.
C'est ce que fit observer le prince Frédéric-
Charles lorsque le général de Cissey, envoyé

auprès de lui, objecta que ce n'était pas une raison, si l'armée capitulait, pour que Metz se rendît aussi. — « Metz, répondit-il, devenue par votre fait, une place de guerre de premier ordre, rentre, comme conséquence, dans toutes les conditions d'une capitulation qui confondra à la fois et la ville et l'armée. »

Les premiers mots qui frappèrent nos oreilles en approchant de Metz furent ceux-ci :
— « Ah ! Messieurs, c'est une trahison infâme, nous avons été vendus. »

Nous pénétrâmes dans la ville, non sans encombre. Elle était remplie de Prussiens et de soldats français que la maladie, l'épuisement ou leurs blessures empêchaient d'emmener en captivité. Leur figure hâve faisait peine à voir. On rencontrait des chevaux étiques qui se traînaient avec peine dans les rues et tombaient morts. Notre premier soin fut de caser les nôtres; puis chacun dut aller loger où il trouverait.

Rendez-vous fut pris pour le lendemain.

Nos infirmiers, grâce à leurs accointances cléricales, avaient reçu asile dans un établissement religieux. Ils y installèrent nos fourgons et nous pûmes y prendre nos repas, exclusivement composés de cheval et de pain noir rationné.

J'avais deux lettres de recommandation d'habitants de Thionville. Les destinataires ne purent nous recevoir; leurs maisons étaient envahies. Nous parcourûmes alors la ville, avec M. Jopitre, cherchant en vain un asile. Une dame, à qui nous confiâmes notre embarras, nous donna deux adresses. Les portes restèrent fermées; il était dix heures du soir; la nuit était noire, et sans doute on craignait que nous ne fussions des Prussiens. Nous commencions à croire que nous coucherions dans la rue, lorsque M. Jopitre eut l'idée d'aller chez un de ses amis, chirurgien comme nous dans une ambulance internationale; il n'avait, il est vrai, qu'un petit lit de fer, sous des combles; du moins, nous serions à l'abri. L'ami était absent; un officier occupait le lit. Il voulut à toute force nous le céder, il se contenterait d'un matelas sur le parquet.

Le lendemain je reçus, avec M. Lemarchand, l'hospitalité dans une excellente famille de Metz, la famille Bossillon, chez laquelle logeait déjà un capitaine français. Nous y restâmes jusqu'à notre départ.

METZ

XVII

La ville de Metz était pleine d'une sombre et
muette rage. La statue de Fabert, sur la place
d'Armes, s'était voilée d'un long crêpe de deuil.
Les Prussiens n'osèrent l'enlever que pendant
la nuit.

Lorsqu'un de leurs régiments passait dans
les rues, se dandinant au son du fifre et du

tambourin, les fenêtres se fermaient. Ils n'avaient pour témoins de leurs triomphes que des murailles ternes. Comme les femmes de Paris, les femmes de Metz, de tout rang et de toute condition, ont montré pendant le siège un courage viril. Elles soignaient les blessés avec dévouement ; le pain noir leur était léger.

Tout le monde, dans cette ville héroïque, était décidé à supporter de nouvelles privations plutôt que de se rendre.

Au sommet de la flèche aiguë qui surmonte la splendide métropole, un des plus remarquables spécimens du style ogival, flottait le drapeau tricolore. Nul, parmi les vainqueurs, n'avait eu l'audace d'aller l'y chercher.

J'entrai dans la cathédrale : une impression pénible, bientôt, fit place à l'admiration que j'éprouvais en contemplant les voûtes élevées de l'antique basilique, que semblaient à peine soutenir dans les airs ses parois transparentes.

Dans une chaire était un pasteur, et ce pasteur parlait le patois messin.

Quelle critique amère de ces gouvernements qui se refusaient de donner aux enfants l'instruction que la misère de leurs parents ou leur incurie ne leur permettaient pas d'acquérir ! Désormais, il n'en sera plus ainsi.

Au milieu de tous ces désastres, une chose réconfortait l'âme et faisait espérer en l'avenir : c'était le maintien de nos officiers. Entre eux ils gémissaient, maudissant l'homme qu'ils accusaient des malheurs de l'armée et de la capitulation de Metz.

J'en ai vu pleurer de honte et de douleur.

Mais un officier allemand venait-il à passer, ils dégrafaient leur sabre et, le laissant traîner avec bruit, à la mode prussienne, ils prenaient fièrement le haut du pavé.

Du reste, on ne remarquait pas chez les officiers allemands, isolés dans Metz, la mine arrogante et satisfaite qu'ils avaient après Sedan. Ils savaient à quoi s'en tenir sur les causes finales de la victoire. Ils le savaient si bien que l'un d'eux, montant sur une table du café où se réunissaient les officiers français, leur dit un jour : — « Messieurs les Officiers, vous avez été trahis ! »

Un Prussien s'étant pris de querelle avec un officier français, un duel eut lieu. Le Prussien fut tué. Ses camarades, loin de chercher à le venger, reconnurent ses torts et firent agréer leurs excuses personnelles.

Un mien cousin, M. A. Duburgua, alors commandant au 76ᵉ de ligne, blessé à Forbach, m'avait chargé de savoir ce qu'étaient devenus

son ordonnance et son cheval qu'il avait laissés
à Metz. L'officier à qui je demandai des renseignements se trouva être le lieutenant-colonel
du régiment. — « Le cheval, me dit-il, est
mangé. Quant à l'ordonnance, le pauvre garçon
est parti hier, comme prisonnier. » Déjà les
Prussiens avaient enlevé au commandant,
avec sa cantine, tous ses effets et son entrée
en campagne. La vie était sauve, mais il l'avait
échappé belle. Après avoir quitté le champ de
bataille par suite d'une hémorragie causée
par la perte de deux doigts, il s'était aperçu
que son caoutchouc était percé de dix-sept
trous de balles ; la lame de son sabre était
tordue et le fourreau coupé en deux.

Habitants et soldats, dans Metz, racontaient
ce qu'ils avaient vu ou entendu dire, et toujours leur récit pouvait se résumer en ce mot :
trahison !

Quelques-uns parlaient d'argent reçu ; c'était
l'infime minorité. Le plus grand nombre accu-
sait le maréchal d'intrigues politiques et d'am-
bition personnelle.

Ils disaient que Bazaine aurait pu tenter la
jonction avec Mac Mahon, mais qu'il ne l'avait
point voulu, par exemple, lors de la promenade
militaire du 26 août. Ce jour-là, à trois heures
du matin, le clairon avait retenti du côté de

Servigny et l'armée était allée se ranger en bataille sous la protection des forts Saint-Julien et Bellecroix. L'arme au bras, les soldats attendaient, impatients, le moment de marcher, lorsque dans l'après-midi le maréchal fit regagner les campements, sous prétexte que le temps était trop mauvais.

L'affaire du 31 août sur Sainte-Barbe confirmait les soupçons. Des positions furent enlevées à l'ennemi. Au lieu de s'y fortifier pour continuer son mouvement le lendemain, Bazaine avait fait rentrer les soldats sous Metz.

On prétendait que déjà le 18 août, date de la bataille de Saint-Privat, Bazaine, poursuivant ses succès, aurait pu marcher sur Paris.

Le maréchal avait préféré rester sous Metz pour se faire, à la tête d'une armée aguerrie, une situation prépondérante qui le rendrait l'arbitre des destinées de l'empire et de la France — « En tenant autour de Metz, » avoue naïvement la correspondance du quartier général du 20 août, « Bazaine obéissait à « des nécessités stratégiques et politiques dont « le bon sens public sera le meilleur juge. »

La Prusse feignit d'entrer dans le jeu du maréchal.

Les relations fréquentes de ce dernier avec

le prince Frédéric-Charles n'étaient un mystère pour personne. Un sous-officier m'a affirmé connaître le cocher qui le menait clandestinement à Ars auprès du prince. Ce cocher recevait vingt francs pour sa course. Frédéric-Charles fit cette révélation à l'un des généraux envoyés vers lui pour traiter de la reddition devenue inévitable : — « Nous avons toujours « su ce que vous faisiez et ce que vous vouliez « faire ; aussitôt après un conseil de guerre « j'étais immédiatement informé de ce qui y « avait été décidé. »

Dans l'armée, d'après les instructions de Bazaine, circulaient les bruits les plus fâcheux sur l'état de la France.

On y représentait Paris affamé et prêt à ouvrir ses portes ; les membres de la Défense nationale débordés ; le drapeau rouge flottant à Lyon, Marseille, Bordeaux. La Normandie, parcourue par des bandes, appelait les Prussiens ; la Vendée était le théâtre de troubles religieux, et l'on faisait entendre que l'armée de Metz, avec l'assentiment des Prussiens, était destinée à ramener « l'ordre » ... lisez l'empire.

Quelques officiers supérieurs de la garde nationale et des négociants de la ville offraient à Bazaine un moyen de ravitailler Metz et l'armée. Le maréchal ne voulut d'abord point les recevoir, puis, ayant consenti, il leur répondit en souriant :

— « Messieurs, il y a aussi du blé en Beauce. »

Bien plus, le 27 octobre, l'intendant général vint trouver Bazaine, lui apportant, disait-il, une bonne nouvelle, à savoir qu'avec ce qu'on trouverait en ville chez les habitants et les ressources de la place, il y aurait encore pour huit jours de vivres ; mais lui de répondre : — « Eh ! que voulez-vous que cela me fasse, monsieur l'intendant? la situation ne sera pas changée ; les pourparlers sont engagés, il faut en finir de suite et nous en aller. »

Huit jours !

C'eût été peut-être le salut de la France. Frédéric-Charles était obligé de rester sous Metz, et pendant ce temps, vainqueur à Coulmiers, d'Aurelles pouvait débloquer la capitale.

Comme le disait l'intendant, il y avait des vivres à Metz au moment de la capitulation. Une dame, pour qui j'étais chargé d'une lettre de Thionville, me raconta qu'il lui restait trois sacs de farine, qu'elle avait cependant déclarés à la Place. Une religieuse, dans l'établissement de laquelle M. Soubise avait abrité son cheval nous affirma que, dans une rue voisine

du couvent, il y avait encore deux cents sacs
de blé.

Pressé par les murmures de la population
qui ne s'expliquait pas qu'on ne cherchât point
à s'emparer des fourrages et des grains que
contenaient les fermes d'alentour, Bazaine
fit cependant quelques sorties.

Elles furent plus heureuses au point de vue
militaire que fécondes en résultat.

Thionville renfermait des blés en quantité,
il y en avait d'accumulés jusque sous les portes
de la ville. Il était évident pour beaucoup que,
le 7 octobre, jour de l'affaire de Ladonchamp,
on eût fait une trouée par la plaine de Thionville, si on l'avait bien voulu. Cette dernière
bataille ne servit qu'à montrer une fois de
plus la valeur indomptable de cette armée de
Metz, si digne d'un meilleur sort.

Cependant des notables de la cité, des officiers généraux même, s'étaient émus de la
manière d'être de Bazaine.

Bourbaki avait affirmé, disait-on, qu'il saurait bien, avec la garde, se faire jour à travers
les lignes ennemies. On racontait une certaine
scène de guéridon renversé et de porcelaine
brisée par la main crispée du fougueux et
loyal soldat, dans le cabinet du maréchal. Le
général fut chargé d'une mission auprès de

l'impératrice. Il quitta Metz muni d'un sauf-
conduit; mais quand il voulut rentrer, les
Prussiens ne le lui permirent pas.

On commentait de différentes façons les
quinze jours d'arrêts du général Clinchant.

L'opinion publique faisait de grandes dis-
tinctions dans la réprobation dont elle entou-
rait les chefs. Elle mettait hors de page les
généraux Bourbaki, Clinchant, de Cissey,
Lapasset, Ladmirault, d'autres encore. Un
officier d'artillerie fit remarquer, à propos de
ce dernier, que les campements assignés au
4° corps se trouvaient compris entre des montagnes infranchissables fortifiées par l'ennemi
et le corps de Canrobert; de sorte que le général
Lamirault se trouvait en quelque sorte prison-
nier à Flappeville.

Les esprits étaient surexcités au dernier
point.

Un vrai complot s'organisa entre des officiers
de l'armée et la garde nationale. Il s'agissait
d'enlever Bazaine et de placer le commandement en de plus dignes mains. Des ouvertures à ce sujet furent faites à Ladmirault. Ce
dernier pria les conjurés de ne pas mêler son
nom à des tentatives de soulèvement; il leur fit
observer que les chances de succès étaient bien
minces avec des soldats à demi-morts de faim

et de froid, tremblant la fièvre, des cavaliers à pied, une artillerie sans chevaux.

Il était trop tard.

Bazaine, cependant, ne tarda pas à s'apercevoir qu'il avait eu affaire à plus fort que lui. L'armée était aux abois. Au lieu de l'envoyer protéger « l'ordre », les Prussiens exigèrent qu'elle se rendît prisonnière de guerre.

Laissons ces tristes souvenirs et revenons à l'ambulance.

Notre comptable, toujours en Belgique, prévenu de notre arrivée à Metz, vint nous y rejoindre. Il était temps. La caisse était à sec. Sur ces entrefaites, le chirurgien en chef reçut une nouvelle circulaire qui l'engageait à licencier ses infirmiers et à réduire ses dépenses ; puis on annonça qu'il n'y avait plus de fonds ; nous n'avions qu'à nous dissoudre. Nous avions reçu six mille francs de Bruxelles ; au lieu de toucher notre solde, il fut résolu que nous continuerions l'ambulance à nos frais. M. Rohan-Chabot, l'un des administrateurs de la Société, en ce moment à Metz, voulut bien nous confier le matériel qui se trouvait entre nos mains.

J'ajouterai qu'après les services que nous rendîmes dans la suite aux blessés, la Société

Internationale nous reconnut de nouveau comme siens et nous indemnisa.

Le docteur Soubise quitta l'ambulance à Metz. Il fut nommé chef d'ambulance à l'armée de la Loire, où nous le revîmes plus tard. Nous le regrettâmes beaucoup; car c'était un de nos plus aimables et sympathiques collègues.

Les médecins militaires français avaient été consignés dans la ville par les Prussiens; n'étant pas nécessaires, nous n'avions qu'à nous en aller. Instruit par l'expérience, M. Després se munit d'un laissez-passer. Il prétexta adroitement le désir d'aller en Suisse chercher des ravitaillements pour les blessés de Metz, et nous pûmes sortir de cette malheureuse cité, emportant du patriotisme et du dévouement de ses habitants les plus chauds souvenirs.

Les chemins de fer étant encombrés, nous partîmes à pied.

DE METZ A MULHOUSE

13

XVIII

Nous nous dirigeâmes sur Mulhouse. Chemin
faisant, je glanai quelques souvenirs.

La Moselle, dont nous suivions les rives,
coule dans une vallée bordée de coteaux tout
couverts de vignes. Le diable, un jour, ou
plutôt une nuit, ne s'avisa-t-il pas de réunir
les coteaux par un gigantesque pont, qui a
gardé le nom de *Pont-du-Diable?* Il s'était

engagé, dit la légende, à le bâtir en une nuit, mais le jour l'avait surpris avant qu'il ait pu terminer son œuvre.

Il reste de ce pont quelques piles élevées que le lierre et la mousse ont envahies et qui forment un arc de triomphe rustique à l'entrée du petit village de Jouy, par suite dénommé Jouy-aux-Arches.

Ce pont, en somme, était un aqueduc romain long de 24 kilomètres, qui servait à alimenter les Thermes de Metz.

A la nuit nous arrivâmes à Pont-à-Mousson. Nous cherchâmes à nous loger dans le petit séminaire, autrefois magnifique abbaye. Il était plein de troupes ennemies et de blessés, Français ou étrangers. Nous fûmes obligés de nous installer dans le seul local encore en partie disponible, dans l'écurie ; nos chevaux y étaient déjà et, dans la loge naguère occupée par les porcs, s'étaient naturellement casés quelques soldats prussiens.

La ville de Pont-à-Mousson est coupée par un vieux pont de sept arches cintrées ; sur la place principale, entourée d'arcades, est une curieuse maison, la maison des *Sept Péchés capitaux*, représentés chacun par une cariatide. A l'est de la ville on voit les ruines du château de Pont-à-Mousson, sur un coteau qui domine une partie de la vallée de la Meurthe et de la Seille et celle de la Moselle, à l'extrémité de laquelle pointent les flèches de la cathédrale de Metz.

On me conta une anecdote qui dépeint le génie hypocrite et rapace de nos vainqueurs :

Le bon roi Guillaume passait à Pont-à-Mousson. Un des plus riches marchands fut requis de lui offrir l'hospitalité. Il fit disposer la chambre la plus convenable et servir le repas dans sa vaisselle d'argent. Au moment du départ, le propriétaire de céans aperçoit la valetaille qui emballe, emballe, emballe... sa vaisselle d'argent. Lors de se récrier ; mais, courtois comme valets de cour, les valets de répondre :

— « Quand notre bon roi Guillaume s'est servi de quelque chose pour manger, personne n'y doit plus manger après lui... »

La seconde étape nous mena à Nancy, une des plus jolies villes de France.

Au centre de la ville est le château de Stanislas, devant lequel se dresse la statue du roi. Une grille en fer forgé, splendide ouvrage du serrurier Lamour, clôt la cour en embrassant, vers ses extrémités, deux fontaines en marbre surmontées, l'une d'une Amphitrite, l'autre d'un Neptune conduisant un char traîné par des chevaux. Au delà de cette grille est une esplanade plantée en quinconces; dans l'allée principale s'élève un arc de triomphe en l'honneur de Louis XV; un peu plus loin, un nouveau palais fait face au château.

Il est difficile de trouver une perspective plus grandiose et plus gracieuse à la fois que cet ensemble de monuments reliés entre eux par des œuvres d'art.

Les rues de Nancy sont spacieuses et bien bâties, bordées de riches magasins. Ceux qui l'habitent se montrèrent dignes d'un pareil séjour. C'était à qui nous offrirait l'hospitalité. Plusieurs d'entre nous furent logés chez le docteur Lallemand, professeur à l'École de médecine de cette ville, qui se fit un plaisir de réunir à sa table ses anciens camarades de Paris; Mme Lallemand de son côté nous accueillit avec une exquise affabilité.

Au sortir de Nancy nous fîmes une halte de quelques instants à l'église de Bon-Secours.

L'architecture de cet édifice, élevé par Stanislas au XVIII° siècle, n'a rien de remarquable, mais l'intérieur est un vrai musée-bijou. Toutes les variétés de l'art s'y sont donné rendez-vous avec une foule de souvenirs historiques.

De la nef se détachent des drapeaux conquis sur les Turcs à la bataille de Lépante. Ce ne sont plus que de nobles haillons. Les parois du temple sont lambrissées. La coupole est à fresques. Dans le chœur se trouvent les tombeaux de Stanislas et de Catherine Opolinska, sa femme, dus au ciseau du sculpteur Sébastien Adam. Ce dernier est le plus beau : la veille de sa mort, la reine avait vu en songe un ange qui lui annonçait la fin de ses épreuves ; c'est cet épisode qu'a reproduit l'artiste.

Nous touchâmes à Saint-Nicolas, où le docteur Clément nous fit une confraternelle réception.

Cette petite ville a aussi sa curiosité : l'église. Les piliers de la nef principale sont moins élevés que ceux du côté opposé, de sorte que la voûte se trouve penchée ; on a voulu, suivant les uns, symboliser par là l'inclinaison de la tête du Christ sur la croix ; pour d'autres, c'est un simple caprice d'architecture.

A Lunéville, on était encore sous l'impression pénible de la capitulation de Metz. Le patriotisme des habitants s'était laissé égarer jusqu'à jeter des pierres à nos officiers prisonniers.

Je visitai en courant le château construit par le duc Léopold Ier, et embelli par Stanislas. Derrière, sont de magnifiques jardins tracés par Le Nôtre, émaillés de statues et de fontaines jaillissantes.

Le lendemain nous déjeunâmes à Azerolles, près d'un officier prussien, qui se montra très troublé de notre présence.

Quelques instants furent consacrés à visiter la célèbre cristallerie de Baccarat, et le soir nous arrivâmes à Raon-l'Étape, étape, comme son nom l'indique, entre l'Alsace et la Lorraine. Cette ville est située à l'entrée d'un pittoresque défilé de la vallée de la Meurthe. Les gardes nationaux de Raon avaient tenu tête aux Prussiens; aussi les Badois, qui occupaient la ville, ne faisaient-ils pas bon ménage avec les habitants. Craignant que nous ne fussions des francs-tireurs déguisés, ils firent une perquisition dans nos voitures. Le résultat les rassura au point de vue de leur sécurité, mais leur dépit ne put se dissimuler lorsqu'ils virent le chaleureux accueil qui nous était fait.

Je garde bonne mémoire de la cordiale réception de la famille Baderot, et des sentiments d'ardent patriotisme qui animaient les citoyens de Raon-l'Étape.

Saint-Dié. Nous allons y visiter le vieux cloître aux arcades gothiques qui touche à cathédrale. Sur un des côtés est une chaire en pierre qui paraît remonter au ıv^e siècle.

Les habitants de Fraize, au pied des Vosges, nous accueillent avec sympathie.

· On s'était battu quelque peu dans ce pays de montagnes et de défilés où l'ennemi n'aurait jamais dû pénétrer; il y avait laissé des souvenirs amers de sa méchanceté. Le médecin nous apprit comme quoi son vieux père avait été tué sans défense sur le seuil de sa demeure.

En quittant Fraize on monte la *côte du Bonhomme*, qu'entoure de ses replis un chemin couvert de neige, à travers de noirs sapins aux cimes centenaires. Quelques-uns de ces grands arbres par leurs racines décharnées semblent à peine tenir à la terre et vont se perdre dans les cieux. Leurs feuilles sont couvertes de flocons blancs; de leurs branches et des creux de rochers, où murmuraient naguère de petits ruisseaux, pendent des stalactites de glace. Par-ci par-là, des cabanes où l'on viendra rêver à deux à la saison prochaine.

Des pics congénères se dressent devant nous. Les plus éloignés montrent leurs crêtes, aiguës comme une scie, à l'horizon; les plus voisins nous ouvrent leurs flancs, les uns nus et inféconds, les autres couverts de bois sombres. A mesure que l'on gravit la côte, l'aspect change : les cimes des pics semblent se déplacer ; celle-là s'élève, celle-ci disparaît, de nouvelles apparaissent. Le jour qui vient de naître joue sur leurs versants. Incertain, il va de l'un à l'autre, comme un protée, manteau doré, langue de feu, cône d'ombre ou de lumière.

Au sommet du Bonhomme est une auberge complètement isolée. Nous pénétrons par un corridor étroit dans une chambre enfumée, au fond de laquelle est une toute petite fenêtre, ayant jour sur la forêt. Pour ameublement un poêle noirci, des bancs et de méchantes tables, où sont accoudés quelques rouliers en compagnie d'une vieille femme, maîtresse du lieu. On est servi par une jeune fille charmante ; mais la pauvre enfant est muette. En présence de ce tableau, ne vous semble-t-il pas qu'il n'y ait plus qu'à faire agir arbitrairement les personnages pour constituer un drame qu'on appellerait : *La Côte du Bonhomme* ou *La Muette des Vosges*.

Après avoir traversé un frais vallon où se meut une machine hydraulique sous l'impulsion de tous les filets d'eau de la montagne transformés en ruisseaux, nous arrivons à Kaysersberg.

D'après les gens qui nous environnent, il serait difficile de dire où nous sommes. Que je leur parle allemand ou français, ils ne comprennent pas et paraissent fort étonnés.

Nous pouvons nous croire transportés en plein moyen âge. Voilà bien les maisons de l'époque à pignons gothiques et à fenêtres croisées, sculpturées en bois et en pierre avec applications d'or et peintures à fresques. Kaysersberg est *ville impériale;* au sommet d'une roche inaccessible, j'aperçois le château de Frédéric Barberousse. Ces grands gaillards, à uniformes bleus et blancs, qui vont et viennent, sont sans doute des officiers de l'empereur?

Arrivent d'autres personnes qui parlent notre langue et veulent que nous allions partager leur repas du soir. Mais déjà notre table était servie au palais de l'empereur... je me trompe, au restaurant voisin. Nous acceptons cependant un gîte pour la nuit et, plus nous causons avec les nouveaux venus, plus nous reconnaissons que nous sommes bien en France, en vraie France.

Nos hôtes nous traitent en amis que les

circonstances vont peut-être séparer pou. longtemps.

Nous laissons Colmar sur notre gauche. Autour d'Isenheim, la route fait un demi-cercle; de sorte que pendant longtemps nous pouvons contempler, sous toutes leurs faces, les ruines du vieux castel de ce nom, curieusement perché sur le sommet du coteau.

Voici enfin Mulhouse, la grande cité industrielle et patriote.

Les Prussiens ne l'occupaient pas. Il fallait voir avec quelle ardeur les hommes valides s'empressaient de quitter le pays pour aller, à travers la Suisse, rejoindre les combattants.

M. J. Dollfus nous avait obtenu le trajet gratuit jusqu'à Bâle. Le train qui nous emporta était rempli de volontaires. L'un d'eux, bourgeois notable de Mulhouse, nous dit :
— « J'ai déjà quatre frères et beaux-frères à l'armée de la Loire, je vais les rejoindre. »
Je regrette de ne pouvoir rappeler son nom.

DE MULHOUSE A ORLÉANS

PAR LA SUISSE

XIX

Je saluai de mes vœux l'hospitalière Alsace,
et bientôt nous entrâmes en Suisse, le pays
des chalets, des gras pâturages, des cimes
neigeuses, des arbres verts et de la liberté.

Notre première station fut Bâle, célèbre au
moyen âge par ses danses des morts, patrie
d'Erasme et de Holbein. Le maître de l'hôtel

où nous descendîmes nous accueillit d'un air méfiant et peu disposé aux concessions. Il paraît que Bâle avait déjà été traversée par une foule d'ambulanciers de tout pays, plus ambulants que médecins, lesquels avaient déjà mis la ville à contribution.

Or, les Suisses savent compter, et surtout les hôteliers.

Cependant, lorsque le nôtre apprit que nous venions de Sedan et de Metz et que notre intention était de repartir le lendemain matin, il se dérida. Il nous aida même à obtenir une réduction de prix sur le parcours du chemin de fer jusqu'à Genève.

Le train s'arrêta à Berne pendant deux heures.

Nous parcourûmes la ville au pas de course. Quelques-uns d'entre nous allèrent jusqu'à la fosse aux ours, située en dehors de l'enceinte, près de la porte d'Aarberg.

La grande rue qui traverse Berne se termine à chaque extrémité par une antique porte de ville. Dans tout son parcours s'élèvent des colonnes de marbre que surmontent des statues de guerriers et de magistrats ; ces colonnes servent de fontaines ; leurs pieds baignent dans de grandes vasques d'eau.

De chaque côté, les maisons sont à arcades ;

leurs façades portent des sculptures poly-
chromes et s'inclinent vers le ciel, comme
de riches panneaux contre un mur. Sous ces
arcades, il y a de beaux magasins.

La grande église possède une tour qui a
plus de deux cents pieds d'élévation. Sur le
portail et jusque dans l'intérieur du monument
sont sculptés des sujets qui, pour la plupart,
renferment des allusions satyriques à l'adresse
du clergé de l'époque. C'est ainsi que, dans
une des stalles du chœur, on voit un grotesque capucin, qui tient un jeu de tric-trac en
forme et place de missel.

Sur la place publique est une fontaine
monumentale, d'un bel aspect. Le sujet principal est un ours.

Des ours, à Berne, on en a mis partout. Il
y en a dans les forêts voisines, dans les fosses
du jardin des Plantes, dans les monuments,
dans les boutiques; il y en a en métal, en
bois, en sucre, en chair et en os; et, comme
résumé, dans les armes de la ville. Berne et
ours, ours et Berne sont synonymes ; Berne,
en effet, dérive de *Bœr*, ours en allemand.
La légende rapporte que la ville fut ainsi
dénommée par son fondateur Berthold, au
retour d'une chasse où il avait tué bon
nombre de ces animaux.

14

Une belle rivière, l'Aare, coule aux pieds de Berne, dans un frais vallon. Sur le versant opposé, on aperçoit en amphithéâtre de charmantes villas.

Nous approchons de Fribourg au coucher du soleil.

Le mont Rose apparaît à nos regards. En ce moment sa tête blanche, sillonnée par des éclairs de feu, semble se perdre dans un horizon de flammes. A mi-côte, on dirait un incendie; c'est un nuage qui n'a pu s'élever plus haut; il est aussi rouge que des charbons ardents; les vapeurs légères qui s'en dégagent tamisent les derniers rayons du soleil et laissent voir, par transparence, les neiges du mont qu'elles teintent de rose.

Il était nuit lorsque nous arrivâmes à Genève. Nous dûmes y rester toute une journée pour laisser reposer nos chevaux et pour les affaires de l'ambulance. Genève est bâtie sur les bords du lac de ce nom. Le pont qui les réunit s'appuie sur une île verdoyante, au sein de laquelle se trouve un monument en l'honneur de Rousseau.

Nous eûmes le chagrin de voir grouiller dans les rues un certain nombre de jeunes gens français, qui avaient préféré un petit voyage d'agrément en Suisse au périlleux devoir de servir leur pays.

Nous quittâmes la grande cité avec le regret d'y laisser un de nos infirmiers, M. Dubois, séminariste, âgé de vingt-deux ans, dont les fatigues de la campagne avaient altéré la santé. Il y mourut.

Le train du chemin de fer nous conduisit à Orléans, presque sans s'arrêter.

Nous traversâmes le tunnel du Credo, où la ligne ferrée se fraye un trajet, d'une longueur de près de quatre mille mètres, sous la montagne de ce nom.

Nous franchîmes la Valserine que domine le fort de l'Écluse, perché comme un aigle sur son rocher. Nous traversâmes la vallée humide où le Rhône, rapide, s'accroît de toutes les eaux que lui déversent les montagnes voisines. Ces eaux tombent, ici à gros flocons, là en nappe limpide, du sommet des rochers; parfois on les voit saillir en jet, comme si on avait fait une saignée dans le flanc du coteau, ou en bavant, comme l'eau qui sort d'un robinet mal fermé; ailleurs ce sont des gouttes diamantées, de minces filets argentins. Tout cela cascade et sautille sur la terre lisse et les cailloux luisants, au bord du chemin.

Dans l'après-midi nous étions arrivés à Lyon.

Le génie fortifiait les approches de cette ville, par des terrassements, des palissades, des fossés, tout ce qui constitue enfin la dé fense d'une place. Nous n'eûmes que le temps de faire un déjeuner rapide et une promenade plus rapide encore jusqu'à la place Bellecour.

Nous ne quittâmes nos wagons que le lendemain matin, à Bourges, où nous restâmes trois heures. On sait que Bourges possède une cathédrale remarquable. La façade de ce monument s'ouvre par cinq portails, enrichis de colonnettes et d'innombrables statuettes. A ces portails correspondent cinq nefs élevées qui font de cette basilique une des plus vastes du monde.

Je jetai un coup d'œil en passant sur l'habitation de l'argentier du roi, Jacques Cœur, aux fenêtres de laquelle deux personnages, un homme et une femme, en costume du temps, se penchent curieusement depuis des siècles ; puis, je visitai la maison de Charles VII, élégante demeure aujourd'hui occupée par une école de jeune filles.

Enfin, nous atteignîmes Orléans, la patrie adoptive de Jeanne d'Arc.

Pendant ces jours de lutte, une jeune fille

du pays, à son imitation, se présenta sur la place publique, se disant inspirée de Dieu pour délivrer la France. Nul n'y prit garde, si ce n'est pour sourire et la plaindre de son égarement.

Les Prussiens ne la brûlèrent pas, comme l'évêque Cauchon la première, mais ils la chansonnèrent. Je traduis : — « Vraiment, une se-
« conde Jeanne d'Arc s'est trouvée pour les dé-
« fendre? — Une vierge s'avancerait jusqu'aux
« bords de la Seine-Babel? — Paris! Le can-
« can et Offenbach ont dépeuplé le pays de
« vierges ; toute sainte Jeanne d'Arc égarée
« en ces lieux y serait brûlée !

« Ainsi donc, nouvelle Pucelle d'Orléans,
« rengaine ton sabre! Car on raconte qu'il
« n'y a rien de plus mauvais pour une jeune
« fille que d'aller à Paris. »

D'autres ont déjà répondu à ces insolences poétiques en racontant le dévouement sans bornes des femmes de Paris, où ils n'ont pas osé librement pénétrer... de crainte sans doute pour leur vertu !

Je n'aurais pas soupçonné aux Allemands l'humeur si chansonnière. Ils avaient des couplets pour toutes les circonstances. A Sedan ils s'écriaient : — « Mac Mahon! Mac
« Mahon! Général invincible, à quoi t'ont

« servi ton innombrable armée et tes fines
« mitrailleuses? Fritz est venu et tout s'est
« évanoui à son approche! » A Metz et sous
Paris ils célébraient successivement tous les
combats par des hymnes joyeux qu'ils faisaient circuler dans les rangs des soldats.

Malheureusement, tout ne se bornait pas à
des chansons.

Après un échec subi le 10 octobre à Artenay, le général Lamotte-Rouge, quoiqu'il eût
reçu des renforts, avait cru devoir évacuer la
ville d'Orléans. Les troupes que ce général
avait laissées pour soutenir la retraite s'étaient
vaillamment conduites. Pendant tout le jour
six mille hommes avec six canons disséminés
sur une lieue d'étendue, soutinrent le choc
de 45,000 Bavarois et Prussiens ayant avec
eux 120 pièces d'artillerie.

Les bombes tombaient sur la ville. Une
personne ayant proposé au maire de hisser le
drapeau blanc : — « Non, dit-il, tant que l'armée
combat et ne voudra pas de cette grâce, ce
n'est pas moi qui irai la demander. »

A sept heures et demie du soir seulement,
les ennemis pénétrèrent dans Orléans par le
faubourg Bannier; ils en incendièrent quelques maisons et pillèrent les autres.

Quand nous arrivâmes, Orléans était retombé entre les mains des Français.

En compagnie de M. Vetault, je cherchai un gîte ; nous le trouvâmes dans le faubourg Bannier, sous le toit d'une petite maison où l'eau gelait dans les vases. M. Riss, riche manufacturier, ami de notre comptable M. Gerin, mit ses magasins à notre disposition. L'ambulance y établit son quartier général.

L'ARMÉE DE LA LOIRE

XX

Gambetta, sorti de Paris en ballon et arrivé
à Tours, le 10 octobre, avait donné une vive
impulsion à l'organisation de l'armée de la
Loire, spécialement secondé dans cette tâche
ardue et patriotique par M. de Freycinet.

Le général d'Aurelles de Paladine avait été
appelé à remplacer le général Lamotte-Rouge
en qualité de général en chef. Son armée

s'était accrue. Il fut décidé qu'on marcherait sur Paris après avoir chassé les Prussiens d'Orléans.

C'est le 29 octobre que cette ville devait être reprise.

La nouvelle de la capitulation de Metz jeta le trouble et l'indécision parmi les généraux. J'ai ouï dire alors que le passage de M. Thiers au milieu de l'armée, après son échec diplomatique, y avait contribué pour une large part: on perdit dix jours.

Le 9 novembre seulement eut lieu la bataille de Coulmiers, qui fut suivie de l'évacuation d'Orléans par les Prussiens.

A ce moment encore si on eût marché résolument sur Paris, on pouvait forcer les lignes et ravitailler la capitale. Le prince Frédéric-Charles n'était pas arrivé de Metz et une grande inquiétude régnait à Versailles où se faisaient des préparatifs de départ pour le cas où un vigoureux effort serait tenté par l'armée de la Loire et la garnison de Paris. Nous apprîmes directement ces détails à Beaugency, de la bouche d'ambulanciers de Versailles qui passaient par cette voie.

Le général d'Aurelles de Paladine ne jugea pas prudent de poursuivre sa marche en avant. Il résolut de se fortifier dans Orléans.

... C'est un'bête, François. — (Page 234.)

Les ingénieurs civils et militaires se mirent à l'œuvre. Cent cinquante pièces de marine à longue portée y furent expédiées avec leurs agrès et leur personnel.

Orléans devint une vraie place forte.

En quelques jours, par les soins du gouvernement de Tours, de nombreux corps : le 17ᵉ, le 18ᵉ et le 20ᵉ avaient été formés, organisés et échelonnés le long de la Loire.

Notre ambulance fut rattachée au 17ᵉ corps, général de Sonis, qui avait pris position en avant de la forêt de Marchenoir. Nous eûmes de la sorte une situation régulière qui, en raison des rapports équivoques dans lesquels nous nous trouvions vis-à-vis de la Société internationale, nous fut très utile. Avec le concours de M. Maure, conseiller à la Cour, un certain nombre de lits furent disposés pour recevoir les blessés que nous dirigerions sur Orléans.

Deux cent mille hommes étaient en ligne.

Le ministère de la guerre pensa que le moment était favorable pour les utiliser. Il s'étonnait que, de sa forteresse, le général d'Aurelles ne cherchât point à embarrasser la marche de Frédéric-Charles.

Le général répondait : — « Le temps est mauvais. » Pressé de s'expliquer, il écrivit la lettre suivante : — « Vous me recommandez de méditer un projet d'opérations ayant Paris pour objectif. La solution de ce problème n'est pas la moindre de mes préoccupations. Pour le résoudre, il faut la coopération et l'entente commune du gouvernement et de l'armée représentée par les chefs que vous avez investis de votre confiance. En ce qui me concerne, vous pouvez compter sur mon dévouement absolu. Dieu veuille mettre mes forces à la hauteur de mon dévouement. »

Je ne sais si je vois dans cette lettre autre chose que ce que son auteur a bien voulu y mettre, mais si la délégation de Tours avait été renseignée sur ce qui se passait à Orléans en ce moment, la lecture de ces lignes aurait dû lui imposer quelques mesures énergiques à l'égard d'un certain nombre d'officiers supérieurs qui ne se gênaient même pas pour exprimer leur manière de penser.

L'un d'eux, le général X... la formulait ainsi devant M. Després : — « Ça nous embête de nous battre pour M. Gambetta. — Mais, général, objecta notre chirurgien en chef, c'est pour votre pays que vous combattez. — Oui, répliqua le général, mais c'est M. Gambetta qui en profitera. »

Dans le cœur de ces hommes le mot *Patrie* n'avait aucune signification.

Il n'en avait pas plus pour les gens de l'Orléanais et de la Touraine, dont la pusillanimité n'avait d'égal que l'égoïsme. Un hôtelier nous refusa des vivres, de crainte d'en manquer quand viendraient les Prussiens. Corrompus ou ignorants, ils n'avaient qu'une devise « l'intérêt personnel », sans se douter que l'intérêt suprême, c'est de sauver la patrie, intérêt conscient qui se nomme *solidarité*, intérêt inconscient qui se nomme l'*honneur*.

J'ai d'ailleurs écrit un mot qui n'a pas cours partout. — « Mais je ne sais pas ce que c'est que la solidarité, » s'écriait un jour M. Thiers, alors président de la République, en interrompant M. Louis Passy, qui, à la tribune, s'était servi de cette expression. A quoi l'orateur fit cette remarquable réponse : — « La solidarité, c'est ce sentiment qui a décidé les hommes les plus illustres à combattre sous les ordres d'un jeune dictateur. »

Hélas ! les généraux auxquels je fais allusion et bien d'autres encore étaient également réfractaires au sentiment de la solidarité.

Si les grands coupables échappent au châtiment, si la honte de nos défaites ne les a point touchés, les petits doivent sentir qu'il y

15

a quelque chose de changé dans leur propre situation, et combien est lourd le fardeau des impôts, toujours grandissant, pour liquider le passé et préparer l'avenir. Peut-être comprennent-ils mieux aujourd'hui ce que c'est que la solidarité, ce que c'est que *la Patrie*.

Certes, je ne suis pas de ceux qui se confinent dans le sentiment exclusif de *la Patrie;* un autre plus vaste doit dominer, celui de *l'Humanité*. Celui-là efface les frontières, fusionne les races, assoupit les haines. Sous l'empire de ce sentiment, les peuples désabusés s'uniront et ne prendront plus part à d'autres combats que ceux qui auront pour but les pacifiques conquêtes des arts, de l'industrie, du progrès. La vieille Europe, transformée à son tour, se constituera en Etats-Unis.

Toutefois, en attendant cette ère de paix, lorsque, pour un motif quelconque, deux peuples en viennent aux mains, tout sentiment doit faire place à l'amour de la Patrie. La solidarité s'impose sous son double aspect de réalisme et de sentimentalité : il faut défendre le sol, il faut sauver l'honneur.

D'ORLÉANS A PATAY

XXI

Sur ces entrefaites, un ballon apporte la nouvelle que Paris allait tenter une sortie. Trochu disait : — « C'est Ducrot, le plus hardi d'entre nous, qui la commandera. » Cette sortie devait se faire, le 29 novembre, dans la direction de Gien et de Bourges.

Ce fut l'affaire de Champigny.

Le ballon ayant été jeté par les vents sur les côtes de Suède, l'on n'apprit cette résolution que deux jours avant le moment où elle

devait être exécutée. Il n'y avait pas de temps
à perdre.

Gambetta se rendit auprès du commandant
en chef; il fut décidé que l'on marcherait à la
rencontre des Parisiens.

Le 16ᵉ corps devait traverser la route d'Orléans à Paris, entre Artenay et Thierry; deux
divisions du 15ᵉ se porteraient au delà d'Artenay, en se rabattant sur la droite vers
Beaune-la-Rolande, où se trouvaient les 18ᵉ et
20ᵉ corps, avec l'autre partie du 15ᵉ corps. Le
17ᵇ corps avait, en se portant à Saint-Péravy,
à prévenir une surprise sur la gauche.

Toute l'armée convergeant sur Pithiviers,
dont il fallait s'emparer, devait gagner Fontai-
nebleau.

Reprenant le cours de ses pérégrinations,
l'ambulance avait quitté Orléans le 25 novembre pour rejoindre le 17ᵉ corps.

Nous traversons plusieurs villages, déjà
témoins de maints combats : Ormes, Saint-
Péravy, Tournoisy. Les chemins, détrempés
par la pluie, étaient piétinés par les chevaux
et défoncés par l'artillerie. Les habitants,
ruinés par l'invasion, avaient fui.

Nous trouvâmes un abri, pour la nuit, à
Nids, dans une grange.

La neige accumulée sur les toits de cette

grange suintait, en fondant, au-dessus de ma tête. Nous étions tellement pressés les uns contre les autres qu'il ne m'était pas possible de changer de place. Qu'on juge de mon supplice ! Si je me mettais sur le dos, une goutte glacée me tombait en pleine figure ; si je virais de bord, sur la nuque ou dans l'oreille. Un moment, la sensation fut si vive que, dans mon trouble, je lançai un coup de pied à mon voisin ; celui-ci poussa un cri qui réveilla toute la chambrée. On s'enquit du motif, on invectiva votre serviteur, mais personne ne s'offrit à prendre sa place.

Nous nous dirigeâmes sur Binas. A la suite de cette mauvaise nuit, la fange humide et glacée où nous pataugions me causa un atroce dérangement d'entrailles. Je dus faire à cheval une partie du trajet.

A Binas, je trouvai un lit dans une auberge.

J'avais passé deux heures à me médicamenter et me disposais à goûter un peu de repos, lorsqu'il se fit un vacarme épouvantable de voix humaines, de cliquetis d'armes, de piétinements de chevaux, de caissons d'artillerie roulant avec fracas sur le pavé.

Le 17° corps tout entier défilait sous nos fenêtres.

Je me serais peut-être habitué à ce bruit extérieur si dans l'hôtellerie ce n'eût pas été pire. L'un demandait à boire, l'autre à manger. Chacun bousculait son voisin. C'était à qui ferait le plus de tapage. Un intendant à lui seul remplissait la maison du bruit de ses pas et de ses réclamations. — « Je veux un lit, disait-il, il faut que vous m'en donniez un. — Je vous assure, monsieur l'intendant, qu'il n'y en a pas », disait l'aubergiste aux abois. — J'en trouverai bien, moi », répliquait l'officier d'administration. On fut obligé de le promener dans toutes les chambres de l'hôtel pour lui montrer qu'aucune n'était libre.

Peu à peu l'hôtelier parvint à se rendre maître de la situation. Mais le jour était arrivé et avec lui le moment du départ.

Je n'avais pas fermé l'œil de la nuit; j'avais pris beaucoup de laudanum, et dormais littéralement debout. Impossible de marcher. Je me hissai sur le véhicule, encombré de sacs, que traînait Fanny. Pour me maintenir, je dus appuyer mes pieds sur les brancards de chaque côté du derrière de la mule. Malgré ce que la position avait de défectueux, à peine assis, je m'endormis; nos voitures d'ailleurs allaient au petit pas, la route étant embarrassée par l'arrière-garde de l'armée. Tout à coup Fanny, effrayée, s'emporte, fait un bond et franchit au galop les tas de graviers qui bordent le chemin ; je m'éveille en sursaut à califourchon sur sa queue.

Après cet incident, je repris mon somme jusqu'à Cravant, où nous restâmes deux jours ; je m'y réconfortai.

Nous eûmes à soigner dans ce village une trentaine de malades ou blessés, venant de Binas et de Châteaudun. Le 30 novembre, nous le quittâmes pour suivre l'armée qui, en continuant son mouvement, allait tenter le grand coup.

Dans la soirée nous arrivâmes à Huisseau.

Le marquis de Bisemont, maire de la ville, nous ouvrit les portes de son château. Je m'y logeai. Tous cependant n'avaient pu y trouver place. Nous étions en peine pour eux, lorsqu'un paysan qui causait et buvait à une table voisine, dans l'auberge où nous soupions, se leva et nous dit : — « Mes bons Messieurs, vous pouvez venir cheux nous, j'avons deux lits à vous donner et de la paille pour tous ceux qui en voudront. »

J'avais déjà remarqué le bonhomme, un paysan à l'air madré, le menton un peu proéminent, la bouche pincée quoique largement fendue, le nez fin, l'air malin. Il était coiffé d'un bonnet de soie noire, qui se retroussait vers le haut du crâne. L'Auvergne était son pays natal, mais il habitait depuis longtemps la contrée.

En face de lui était assis un autre paysan d'une soixantaine d'années, grotesque avec son œil béat et sa grosse face carrée que surplombait une casquette en peau de loutre. En somme, paraissant fort placide.

Cependant ce dernier reproche à son compère d'avoir été trop bon à l'égard des Prussiens, qui, une première fois, avant Coulmiers, avaient occupé la contrée; il finit par s'animer et, frappant du poing sur la table, nous l'entendons s'écrier : — « Je te dis, moi, que je veux détruire les Prussiens. » A quoi l'autre répond très paisiblement : — « T'as tort, t'est un' bêt', François, pour un homme d'âge. »

Peu après, pour donner en quelque sorte la preuve de son patriotisme, le rusé Auvergnat venait nous faire ses offres de service.

C'est chez ce particulier que M. Vossenat fut invité à accepter l'hospitalité. Je vis un sourire de médiocre satisfaction effleurer les lèvres de mon collègue. Désertant le château, je lui offris de l'accompagner. Je n'étais pas fâché de faire plus ample connaissance avec le père Chantonnet.

— « Mes bons amis, nous dit-il, j'habitons tout au bout de la ville, à deux pas d'ici. »

Un kilomètre après, pas trace d'habitation. Le Chantonnet nous fait entrer dans un petit bois, auquel on n'apercevait point d'issue. Je me disais en moi-même qu'avec son air finaud, il se pourrait bien qu'il nous conduisît dans une embuscade. Je le laissai passer devant et ne le quittai pas du regard.

Je ne vis rien que de normal, si ce n'est les zigzags qu'il commençait à décrire à l'horizon.

Il était gris.

A la lisière du bois, il nous affirma que sa demeure était proche. Au milieu des terres labourées la charrue avait tracé en diagonale un sillon pour l'écoulement des eaux. Il nous le montra en disant : — « Tenez, suivez cet' rigole, ell' conduit cheux nous. » — Et il se mit en devoir de nous donner l'exemple. Mais l'amplitude des zigzags s'était tellement accrue que nous dûmes le prendre sous les bras.

Cette fois, il ne nous a pas trompés, nous arrivons. Un rez-de-chaussée avec une porte et une fenêtre, telle est la demeure ordinaire des paysans de la contrée, telle est celle de Chantonnet.

Il cogne. On ne répond pas. Il cogne de nouveau et de sa voix la plus pateline : — « Doucette, ma petite Doucette, c'est moi.... ton mari. — C'est ben, j'y vas, laisse-moi passer un jupon », répond de l'intérieur une voix forte et enrouée.

Peu de temps après, une femme grande, brune, aux traits accentués, entr'ouvrait la porte.

— « Ma petite Doucette, dit tendrement le mari, je t'amène deux Messieurs, ce sont des médecins, tu vas leur donner un lit à chacun. — Mais tu sais ben que nous n'en n'avons pas, de lit », interrompt la femme d'un ton bourru.

Nous entrons.

En face de nous s'étale, à demi découvert, le grand lit d'où vient de sortir Mme Chantonnet. Mon collègue ne riait pas. Son air contrit toucha sans doute notre hôtesse, meilleure au fond qu'elle n'en avait l'air. — « Mes bons Messieurs, nous dit-elle, faut pas vous désoler, vous prendrez mon lit, il est tout chaud. »

Vossenat riait jaune ; quant à moi, je contenais avec peine un éclat de rire. Revenir sur ses pas était chose impossible; l'offre d'ailleurs était faite de si bon cœur! Nous laissâmes un peu refroidir le lit et, munis de nos caleçons, nous en prîmes possession.

A peine endormis, nous sommes éveillés par des coups redoublés frappés à la porte. — « Hé! Chantonnet, t'es donc pas encore levé, » crie un voisin trop matinal.

Chantonnet accourt. Il ouvre tout au grand porte et fenêtre, comme s'il n'eût pas été assez de la porte pour recevoir son ami. Par ces ouvertures se précipitent toutes les humidités de la nuit, et tous les givres du matin. Nous nous enfonçons sous les couvertures en grommelant à l'unisson : — « Fermez donc votre fenêtre et votre porte, père Chantonnet. » Notre hôte s'exécute, et, pour nous réchauffer sans doute, il nous offre la goutte. Nous trinquons. La goutte était forte. Pendant plus d'une heure nous nous demandâmes si le petit père, encore sous l'influence des vapeurs de la veille, ne nous avait point versé, en place d'eau-de-vie, quelque liqueur pharmaceutique, dont nous attendions les effets avec anxiété.

Il dit ensuite à sa femme : — « Doucette, tu vas faire une bonne soupe aux choux et au lard, hein! — Mais tu sais ben que nous avons enterré le lard dans le jardin », répond Doucette. — « Bah! je vas le déterrer. — Apporte aussi un chou, » crie la femme.— « Ouais, et tu mettras de la bonne graisse », ajoute Chantonnet.

Vous dire que la soupe aux choux et le lard déterrés étaient succulents, serait aller un peu loin dans le champ de l'hyperbole; mais enfin, c'était offert de si bon cœur !

D'ailleurs, je ne vous cacherai pas qu'elle nous était servie par la petite Chantonnette, un joli brin de fille, dans la fleur de ses dix-huit ans. On ne nous l'avait pas encore montrée. Elle allait ainsi que nous au village. Comme il pleuvait et que la petite avait un parapluie, elle voulut bien m'en offrir la moitié; et je lui pris le bras que je pressai sous le mien, car il y avait de la neige sur laquelle glissaient ses sabots.

PATAY

XXII

D'Huisseau à Saint-Sigismond. — Position critique. —
Le presbytère. — Situation stratégique. — Bataille de
Patay. — Aspect du champ de bataille. — Goums et
spahis. — Débandade. — Pensées héroïques de soldats.
— A Patay. — Chez le pasteur. — Les hôtelleries. —
Sur la place publique. — Résultats de la bataille.

Premier décembre. Ce jour-là le canon ne
cesse de faire entendre sa grande voix. Nous
partons ; nous allons où il tonne. A ce moment,
passe à Huisseau une ambulance qui revenait
sur ses pas, parce qu'elle n'avait pu trouver
ni vivres, ni logements. Cette perspective peu
encourageante ne nous arrête pas.

Sur la route, nous rencontrons des batteries
d'artillerie qui allaient rejoindre le gros de

16

l'armée et des militaires en quête de leur corps. Quelques soldats s'étaient laissés tomber sur le bord du chemin, paralysés par le froid ; nous chargeâmes nos voitures de tous ceux qu'elles purent contenir.

A minuit, nous arrivons à Saint-Sigismond. Nous ne jugeons pas opportun de nous engager plus avant ; l'armée campait non loin, à Patay.

Nous frappâmes inutilement aux maisons.

L'abbé Leroy songea au presbytère.

M. Leroy était notre nouvel aumônier. Encore un type clérical, le type de l'abbé candide. Grand, maigre, pâle, le regard doux et flottant, il avait quelque chose de l'ascète et de l'inspiré. Sa longue robe laissait douter qu'elle revêtît un corps ; son chapeau noir semblait cacher sous ses rebords immenses à la fois le pénitent et le confesseur. Tout concentré en lui-même, il vivait peu avec nous.

Donc, l'abbé frappa au presbytère. On ne répondit pas. Le corps du logis était précédé d'une cour et d'un mur de clôture. Il s'offrit pour l'escalade. Une échelle se trouva à point, il y monta et on la lui fit passer pour l'appliquer du côté opposé.

Une fois descendu, il cogne à la porte de
la maison. Même silence. L'abbé remonte alors
sur le mur. Mais l'échelle est trop lourde, il
lui est impossible de l'attirer à lui ; la clôture
est trop élevée, il ne peut sauter sans danger.

Position critique !

Nous plaisantâmes quelque peu l'abbé, dont
les longues jambes pendaient de chaque côté
de la muraille, silhouette noire plantée sur
ce mur blanc, au clair de la lune. Puis, nous
vînmes à son aide. Un infirmier grimpa sur
les épaules de son camarade et alla se placer
à califourchon près de l'aumônier. Ils purent
à eux deux ramener l'échelle.

Cependant le curé, qui était bien chez lui,
s'était décidé à venir voir de quoi il s'agissait.

— « Je ne puis vous donner qu'un gîte, nous
dit-il, encore est-il bien restreint ; voilà ma
cuisine et mon vestibule. » Nous nous par-
tageâmes le pain que nous avions dans nos
fourgons : ce fut le repas du jour.

Pour se chauffer, pas un fagot. Par bonheur,
un infirmier se rappela avoir vu des branches
d'arbres abandonnées dans les champs. On
alla les chercher. Tantôt l'un, tantôt l'autre,
attisa le feu, et nous couchâmes dans nos couvertures, sur le carreau.

Voici la lettre que le général Chanzy venait

d'écrire au gouvernement de la Défense nationale et qui peint la situation :

« Patay, 1ᵉʳ décembre.

« Le 16ᵉ corps, qui a quitté ses positions
« à dix heures, a trouvé l'ennemi fortement
« établi de Guillonville à Terminiers. Le com-
« bat, engagé·à midi, s'est prolongé jusqu'à
« six heures. La 2ᵉ division a enlevé succes-
« sivement les premières positions ennemies,
« et ensuite celles de Noneville, Villepion et
« Faverolles, sur lesquelles elle bivouaquera
« cette nuit.

« Partout nos troupes ont abordé l'ennemi
« avec un entrain irrésistible. Les Prussiens
« ont été délogés des villages à la baïonnette.
« Notre artillerie a été d'une précision et
« d'une ardeur que je ne puis que louer...
« L'ennemi s'est retiré dans la position de
« Loigny et de Château-Cambrai. Je l'y sui-
« vrai demain... »

Sur l'aile droite, même succès ; l'ennemi
avait été refoulé en désordre sur Pithiviers,
abandonnant de nombreux prisonniers.

Le lendemain, 2 décembre, le 16ᵉ corps
reprit sa marche vers le Nord-Est. Au départ,
sa gauche se trouvait à Villepion, le centre à
Terminiers, et la droite dans la direction de

Sougy. La bataille devait s'engager vers Loigny, Poutry, Artenay et Bucy-le-Roi. L'ennemi, de son côté, s'était donné pour but d'in-
troduire le gros de ses forces dans l'espace
laissé libre entre le 16ᵉ corps et le 15ᵉ, de
manière à séparer le général Chanzy du général d'Aurelles.

L'avant-garde de notre 17ᵉ corps s'avançait
de Patay sur Sougy.

Nous vîmes, en arrivant, nos troupes
déployées sur une grande étendue de terrain
et, en face d'elles, plus loin, sur une légère
hauteur, les lignes ennemies.

Des deux fronts de bataille partent des
éclairs de feu, au milieu de nuages de fumée,
avec un fracas de tonnerre. De temps à autre
on voit un obus éclater comme un bolide
avant d'avoir atteint le sol.

Le ciel était pur; la terre était recouverte
de neige.

Dans la plaine immense, en arrière des
combattants, se déroulait en longs replis
bariolés la cavalerie arabe. C'étaient des
spahis et des indigènes que l'on avait fait venir
d'Afrique avec leurs goums. Leurs grands
burnous, blancs, rouges, tombaient sur la
croupe et le flanc de leurs chevaux, déjà en
partie recouverts par le harnachement, de

sorte qu'ils semblaient caparaçonnés comme
ceux des chevaliers du moyen âge. On n'apercevait que leur longue crinière et leur queue
qui ondulait en rasant le sol.'

Les Arabes allaient majestueusement au
pas, lorsque nous les vîmes tout à coup, se
penchant sur leur monture, effleurer le sol
d'une course rapide au vent de laquelle s'en-
flaient leurs manteaux et flottaient les crins de
leurs coursiers.

Leur colonne se replia sur elle-même et
quelques groupes s'en détachèrent. Ceux qui
les formaient mirent pied à terre, allumèrent
de grands feux, tout près de nous, sur le
bord du chemin, et, s'asseyant à la mode du
pays natal sur le terrain nu, sans souci de la
froidure, ils se mirent à préparer leur repas.
Le reste continuait ses évolutions dans la
plaine.

Les combattants, en avant, dont les lignes
oscillaient au crépitement de la fusillade et
au bruit du canon; ceux, sur les derrières,
avec leurs costumes éclatants, sous le dôme
azuré du ciel et sur la neige épaisse qu'ar-
gentaient les rayons du soleil; tout cela
formait un splendide et incomparable spectacle.

Bientôt arrivent vers nous une grande quantité de fuyards. Des compagnies de mobiles limousins et d'infanterie de ligne venaient d'être enfoncées par les Prussiens et couraient à la débandade. Des blessés les suivaient.

Nous recueillîmes ces derniers dans une maison de paysan au-dessus de laquelle on hissa le drapeau de l'ambulance. Nous ne tardâmes pas à en avoir un si grand nombre que nous ne savions où donner de la tête. Chacun de ces pauvres garçons avait hâte de connaître l'état de sa blessure et d'être pansé.

Mon attention fut attirée par un jeune homme qui se lamentait profondément.

J'examinai sa blessure, qui n'était pas grave. Je lui demandai pourquoi dès lors il se chagrinait ainsi. — « Ah ! mon pays, mon pauvre pays ! » s'exclamait-il. Je tâchai de le consoler en lui disant que tout n'était pas perdu, que nous aurions un jour notre revanche, mais lui ne m'écoutait pas. — « Mon pauvre pays ! » répétait-il toujours. J'eus la pensée qu'il voulait parler du lieu de sa naissance. — « De quel pays es-tu donc, mon ami ? — Eh ! Monsieur, je suis de Schlestadt. »

Dans son cœur, il associait à la perte de la bataille celle de son pays natal.

Un autre blessé, un *moblot,* se plaignait également d'une façon qui n'était pas en rapport avec la gravité de son mal. L'index de la main droite était enlevé par une balle. Il jurait fort avec accompagnement d'épithètes malsonnantes à l'égard des Prussiens. — « Veux-tu pas gueuler de la sorte! » lui dis-je impatienté. — « Vous ne voyez donc pas, répondit-il de même, que je ne pourrai plus leur f... un coup de fusil. »

La nuit vint; la bataille cessa. Nous songeâmes à nous. Le pasteur de l'ambulance nous trouva un asile chez son confrère de Patay. Ainsi que le curé de Saint-Sigismond, celui-ci ne put nous offrir autre chose. On n'avait pas déjeuné; il fallut se passer de dîner. Un peu de pain nous restait. Après enquête minutieuse, je trouvai pour mon compte une rôtissoire où, le matin même, avait grillé un poulet en l'honneur du général de Sonis. Au fond miroitait un peu de graisse. Pas dégoûté, je l'étendis sur mon pain.

Les hôtelleries étaient pleines; les salles communes encombrées de soldats, à tel point qu'on n'y pouvait circuler. Quelques bouteilles se voyaient auprès de rares privilégiés. Les autres se contentaient de l'abri. Beaucoup dormaient accoudés sur les tables.

Bataille de Patay... — (Page 245.)

Dans les salons réservés, autre aspect. Les officiers s'y étaient barricadés. A travers les rideaux des fenêtres, on apercevait de nombreux carafons. Messieurs les officiers auraient bien dû avoir l'attention de fermer les volets, afin d'éviter à leurs soldats, demi-morts de faim et de froid — il y avait 10 degrés au-dessous de 0 — le spectacle de leurs chefs chauffés et repus.

L'officier devrait, du moins en campagne, partager toutes les vicissitudes, joies ou misères de la vie du soldat.

A la porte de la mairie, j'aperçus un grand rassemblement de civils et de militaires. Des sentinelles maintenaient les curieux à l'écart. Je m'informai. On m'apprit qu'il y avait là des officiers prussiens faits prisonniers dans la journée. Un de nos infirmiers me dit avoir reconnu parmi eux, portant un brassard, l'officier de uhlans qui nous avait malmenés autour de Thionville. Je pénétrai, sous un fallacieux prétexte, au milieu des prisonniers.

Le comte Faust n'y était pas. Je le regrettai. J'avoue que, sans être vindicatif, j'aurais pris volontiers une petite revanche.

Le défilé des troupes dans Patay ne discontinuait pas. Il était clair qu'on battait en retraite. Je consultai quelques officiers qui ne surent pas me renseigner sur le résultat de la journée. Des bruits contradictoires circulaient.

La vérité est que nous avions subi un échec, l'ennemi s'était emparé de la ligne de Loigny.

Sur les ordres du général en chef, d'Aurelles de Paladine, Chanzy ramène le 16ᵉ corps sur les anciennes positions de Boulay, Saint-Péravy et le 17ᵉ s'établit à Saint-Sigismond, Rozières, Gemigny et Coulmiers.

La lutte avait été sanglante. Le général de Sonis était blessé ; son chef d'état-major, le général Bouillé, mortellement frappé. Surpris dans un petit bois par une vive fusillade, plus de la moitié des zouaves pontificaux avaient été tués ou blessés. J'en heurtai quelques-uns qui, pris de panique, s'enfuyaient encore dans les rues de Patay ; je les arrêtai dans leur course folle. Ils me contèrent le fait en l'exagérant. D'après eux, tous leurs compagnons avaient été tués sans pouvoir se défendre ; ils croyaient mort leur colonel, M. de Charette.

DE PATAY A BEAUGENCY

XXIII

Mauvaise nuit et mauvais chemin. — Retour à Huisseau.
— Blessés. — Un artilleur sublime. — Traînards. —
Appel infructueux. — Une ruse. — Fuite des habitants.
— Nous partons. — Arrivée à Meung. — Un coup de
fusil. — Beaugency. — La gendarmerie. — Billet de
logement inutile. — Sur le fumier.

Il fallut à notre tour songer à la retraite.

Nous avions passé la nuit dans le salon du
pasteur, couchés sur de la paille humide. Je
me réveillai avec une si vive douleur au genou,
que je me crus hors de service; la marche la
dissipa.

Nous emmenâmes autant de blessés que nos
moyens de transport le permirent. Nous avions
attelé nos deux chevaux de selle à des voitures

abandonnées et requis quelques charrettes de paysans. Un grand nombre de blessés restèrent dans Patay; les uns, entre les mains des chirurgiens de l'armée; d'autres, dans l'église même de la ville, où ils recevaient les soins d'une ambulance irlandaise.

Les chemins étaient embarrassés par des convoyeurs qui suivaient l'armée. Nous dûmes, pour faire diligence, prendre à travers champs, au risque d'y embourber.

Plusieurs bataillons de mobiles défilèrent devant nous. Ils avaient, certes, fort bonne mine; leur tenue n'indiquait pas une déroute.

Nous regagnâmes Huisseau où nous établîmes nos blessés, partie chez M. de Bisemont, partie chez le maître d'école.

En peu de temps, nous eûmes près de deux cents malades ou blessés.

Le village était incessamment traversé par une foule de traînards dont la plupart connaissaient les rengaines du métier: toujours les premiers au feu, à les entendre; en réalité, maraudeurs et piliers de cabaret. Ils avaient perdu leur corps d'armée, disaient-ils.

Nous les dirigions sur Beaugency.

A un moment donné, trois ou quatre cents se trouvèrent réunis devant le château. Je cherchai vainement parmi eux un officier ou un sous-officier. J'avisai un caporal. — « Où est votre capitaine ? » lui dis-je. — « Je ne sais pas », me répondit-il. — « Et votre lieutenant ?... — Il n'y en a pas. — Eh bien, faites l'office de lieutenant, de capitaine, rassemblez ces hommes et mettez-les en ordre. Si les Prussiens arrivent, ils vous prendront sans que vous ayez pu tirer un coup de fusil. » Le caporal me regardait sans broncher.

J'essayai de stimuler son amour-propre. — « Voyons, vous êtes général, rangez vos soldats en bataille. » Moins accessible à la flatterie que le sergent Valentin, du *Petit Faust*, le caporal continuait à me regarder bêtement.

J'essayai du même moyen avec d'autres, sans plus de succès. Survint cependant un sergent qui, prestement, se mit à l'œuvre.

Un vieux capitaine, qui s'était oublié dans un lit de ferme en prit le commandement.

Parmi nos blessés d'Huisseau était un artilleur, grand et beau garçon de vingt-quatre ans, qui avait reçu une balle dans le ventre. L'épiploon faisait hernie ; la mort était certaine. Il connaissait la gravité de sa blessure, car lorsque je m'approchai pour le panser :

— « C'est inutile », dit-il.

Assis sur un tas de paille, il attendit stoïquement la mort. Elle vint dans la nuit.

17

A côté des blessés sérieux s'étaient faufilés
un tas de petits malades qui encombraient
l'ambulance. Afin de nous en débarrasser, nous
leur annonçâmes que les Prussiens arrivaient,
et.que certainement ils conserveraient prisonniers tous ceux qui pourraient se soutenir.
Aussitôt, pituites incorrigibles, bronchites
suffocantes, points de côté incompris, pieds
entamés, nez gelés se hâtent à qui mieux
mieux de déguerpir. Nous sommes obligés de
retenir de force de vrais blessés qui redoutaient
la férocité de l'ennemi au sujet de laquelle nous
avions fait des contes invraisemblables.

Il était évident, d'ailleurs, que notre suppo-
sition, au sujet de l'arrivée des Prussiens, ne
tarderait pas à se changer en réalité.

Quelques-uns d'entre nous émirent l'avis
qu'il serait sage de quitter la place. S'il fallait
retomber dans les lignes ennemies, nous dési-
rions que ce fût le plus tard possible, et le petit
village où nous nous trouvions, abandonné de
ses habitants, n'offrait aucune ressource.

Le chirurgien en chef voulait rester; il céda
pourtant, à la condition qu'on lui trouverait des
véhicules pour les blessés. MM. Nancel et
Vétault se mirent à l'œuvre et racolèrent en
quelques instants une douzaine de voitures.
Une cinquantaine de blessés y furent installés

sur de la paille et des matelas ; on les enveloppa de couvertures, car le froid était intense ; et, à notre tour, nous prîmes le chemin de Beaugency.

A neuf heures du soir nous arrivâmes à Meung.

Il faisait nuit close. Les blessés étant un peu fatigués du trajet, il fut décidé que nous resterions dans cette ville. Le comptable, M. Gérin, et l'abbé Leroy se mirent à la recherche de logements.

Pendant ce temps nous étions entrés dans une hôtellerie. D'excellent bouillon et du vin avaient été distribués aux blessés. Ainsi réconfortés, ceux-ci se sentirent capables d'aller plus loin. L'ambulance se remit en marche. M. Vossenat et moi restâmes dans la ville, à la recherche du comptable et de l'abbé. Ne les trouvant nulle part, nous supposâmes qu'ils étaient partis et nous hâtâmes le pas pour les rejoindre.

En dehors de la ville nous rencontrâmes des batteries françaises qui prenaient position ; des troupes, destinées à les protéger s'échelonnaient le long de la route que nous suivions.

Personne n'ayant vu passer M. Gérin et son compagnon, nous nous arrêtâmes dans une auberge sur le bord du chemin, convaincus qu'ils ne tarderaient pas à nous rejoindre. En effet, quelques instants après, ils arrivaient tout essoufflés et tout émus. Pendant qu'ils cheminaient, un coup de feu avait retenti et une balle avait sifflé à leurs oreilles. Tous ensemble nous eûmes bientôt rejoint notre ambulance.

Il était dix heures du soir lorsque nous entrâmes à Beaugency.

La municipalité nous fit un accueil d'abord peu bienveillant; car là aussi, paraît-il, des ambulanciers avaient passé, sans avoir rendu tous les services qu'on en devait attendre. Nos blessés nous servirent de recommandation.

On nous indiqua, pour les placer, l'école primaire et la gendarmerie. Je me rendis dans ce dernier lieu. Des soldats s'y étaient installés. Quelques-uns dormaient déjà d'un sommeil bruyant que notre arrivée ne suffit pas à interrompre. Je dois dire qu'ils ne se firent pas prier pour céder la place à leurs camarades blessés.

Les habitants de la ville ne nous reçurent pas de même. Nous avions des billets de logement; plusieurs ne purent les utiliser, les portes restant closes.

Pour moi, je frappai d'abord discrètement à

celle qui m'était désignée, puis avec une telle vigueur, avec l'aide de mon ami Vétault, que la dame du logis, de peur sans doute que nous n'enfoncions sa porte, se décida à l'ouvrir.

Précisément, la mairie avait commis une erreur évidente en nous envoyant deux dans cette maison. Il n'y avait même pas place pour un. La pauvre dame, qui nous reçut toute tremblante, nous offrit son lit. A côté, dans un autre lit, était son mari malade; dans la même pièce, son enfant. Nous nous excusâmes de notre mieux et partîmes, réhabilités dans son esprit.

Où loger? L'hôtel où nous avions remisé fourgons et chevaux était occupé par le général Camo et son état-major. Le peu de place libre par terre, dans les salles, était pris par nos collègues. J'allai à l'écurie auprès des chevaux; j'y trouvai les cochers et deux infirmiers.

On voyait bien que la paille était devenue rare depuis le passage incessant des troupes, car la litière n'avait pas été renouvelée depuis longtemps. J'étais heureusement en possession d'un vaste *puncho* en caoutchouc, que j'étendis sous moi. Le puncho est un vêtement mexicain très simple. Il consiste en une large bande d'étoffe percée d'un trou vers son milieu pour passer la tête, et qui retombe en avant et en arrière, en manière de chasuble de prêtre.

J'eus chaud ; je dormis bien ; que pouvais-je demander de plus ?

COMBATS ET AMBULANCES

XXIV

Les événements militaires s'étaient succédé avec rapidité depuis notre départ de Patay. Le lendemain, 3 décembre, le 15ᵉ corps avait eu à supporter les efforts réunis du prince Frédéric-Charles et du duc de Mecklembourg, tandis que le 18ᵉ et le 20ᵉ corps restaient dans l'inaction à Beaune-la-Rolande.

Depuis Reischoffen on aurait pu très bien qualifier la tactique de nos généraux : l'art de se faire battre en détail.

Le 15° corps se porta d'Artenay à Chevilly en très bon ordre et de là se rabattit sur Orléans. Malgré les travaux de défense considérables dont cette ville avait été l'objet, le général d'Aurelles, pour éviter un bombardement, la rendit aux Prussiens le 4 décembre, à onze heures du soir. Ce général fut appelé à d'autres fonctions. C'est ainsi qu'on s'exprime quand on ne veut pas dire aux gens qu'on les destitue.

Le 15°, le 18° et le 20° corps allèrent se concentrer dans les environs de Bourges. Ils devinrent les éléments principaux de l'armée qui opéra dans l'Est avec Bourbaki.

Un 21° corps avait été constitué; on l'adjoignit au 16° et au 17°. Ces trois corps furent placés sous le commandement en chef du général Chanzy. Le général Camo, qui était à Beaugency à la tête de la 1re division du 19° corps, en formation, avait ordre de garder ce poste jusqu'à l'arrivée de Chanzy, sous le commandement duquel il devait se ranger.

Le 5 décembre, jour de notre arrivée à Beaugency, le général en chef s'établissait à Josnes, s'appuyant d'un côté sur la forêt de Marche-

noir, de l'autre sur la Loire, à Meung. Le 6,
l'ennemi l'atteignit sans pouvoir l'ébranler.
Le 7, on se battit depuis Meung jusqu'à
Saint-Laurent-des-Bois. L'engagement fut surtout vif près de nous, car l'ennemi faisait de
grands efforts pour déborder notre droite et
tourner l'armée ; il fut repoussé sur toute la
ligne, excepté à l'extrême droite, à Meung.

Dans cette ville était une compagnie de gen-
darmes qui déjà avait fait échouer une tenta-
tive de surprise par les Prussiens ; ces gen-
darmes se battirent avec bravoure, mais ils
durent céder au nombre.

L'un d'eux, blessé, fut transporté à Beaugency. J'examinai sa blessure. Une balle lui
avait fait un séton à la nuque. C'était un
homme de quarante-cinq ans environ, marié,
père de famille. Il se croyait mort et le paraissait. La joie le ressuscita lorsque je lui eus
dit qu'il serait guéri dans huit jours.

L'influence du moral sur les blessés est
immense. Je le répète, parce qu'on ne saurait
trop se le rappeler, au besoin. J'eus le bonheur
de conserver la vie à un malheureux soldat,
qui avait la mâchoire fracassée par un projectile. Je l'avais trouvé désespéré et bien résigné
à faire le grand voyage. Je l'encourageai ; j'in-
téressai à sa cause ses camarades, plus

valides, qui allèrent lui chercher et lui firent
absorber fréquemment des aliments liquides,
les seuls qu'il pût prendre; et il guérit.

Dans l'après-midi du 7, ayant pris une charrette pour ramener des blessés, je me dirigeai
sur Meung avec M. Leroy, aumônier, et
M. Patry, saint-sulpicien, qui s'était fait
infirmier. A peine hors de Beaugency, nous
fûmes arrêtés par des obus qui éclataient à
cent mètres de nous : ils étaient adressés, par
des batteries prussiennes établies de l'autre
côté de la Loire, aux batteries françaises en
position sur la gauche de la route que nous
parcourions.

Nos artilleurs répondaient.

Monté sur le talus d'un moulin, je regardai
quelques instants ce duel d'artillerie; mais on
me pria de descendre pour ne pas attirer l'attention de l'ennemi.

Une centaine de francs-tireurs étaient couchés dans les fossés, à l'abri derrière une
muraille; d'autres se chauffaient dans une
petite maison, au pied du moulin. Je leur
demandai pourquoi ils restaient là. Ils me
répondirent qu'ils n'avaient pas d'ordres, pas
de chefs.

Après les désastres de Sedan et de Metz,
les organisateurs de la nouvelle armée s'étaient

trouvés dans une situation précaire. Au moment de l'arrivée de Gambetta à Tours, ils avaient, selon M. de Freycinet, à résoudre le problème suivant : « Etant donnée comme « pépinière une armée de quatre à cinq mille « hommes, former à bref délai les cadres de « quatre à cinq cent mille hommes. On avait « dû créer des officiers peu aptes à remplir « leurs rôles et qui n'ont pas toujours su « mettre leur courage à la hauteur des cir- « constances. »

Nous ramenâmes dans les ambulances plusieurs charretées de blessés. Bientôt, il nous en arriva de tous côtés.

Nous avions fort à faire. Des soixante médecins ou infirmiers ayant quitté Paris ensemble, nous n'étions plus que vingt. De plus, sur les huit chirurgiens restants, deux étaient absents : M. Jopitre, envoyé d'Huisseau à Tours, afin de pourvoir au ravitaillement de l'ambulance, et M. Miard, qui nous avait quittés à Lyon pour se rendre auprès de son père mourant. Pour comble de malheur, un autre, M. Vétault, fut atteint d'une broncho-pneumonie qui le cloua pour quinze jours au lit et, plusieurs fois, notre collègue Nancel dut garder la chambre. La santé de ce dernier s'altéra même à ce point qu'il mourut peu

de temps après la conclusion de la paix :
c'était un charmant cavalier, plein de grâce et
de distinction, bienveillant aux blessés, affable
pour tout le monde. La plupart des chirurgiens partis avaient abandonné l'ambulance
à la suite d'altercations regrettables avec le
chirurgien en chef. Quelques infirmiers avaient
profité du voisinage de la frontière pour la
franchir avec l'un des aumôniers.

Nos blessés avaient faim. On récolta dans
les auberges tout ce qu'on put, et des personnes de la ville fournirent quelques provisions. Une, entre autres, Mme Bidault, qui
tenait un café à Beaugency, fit preuve de
libéralité et de beaucoup de dévouement
envers les blessés : fréquemment, elle apportait à l'ambulance du vin, du café et de l'eau-de-vie, qu'elle distribuait elle-même.

Du blé et de la farine furent achetés à des
marchands en gros, précaution utile, car les
Prussiens, une fois maîtres de la ville, réquisitionnèrent tout le grain de la contrée. Ils
prirent également possession des fours. Nous
fûmes heureux qu'il en existât un dans le couvent des Ursulines, où nous nous étions installés.

Nous dûmes évacuer les blessés établis à
la gendarmerie : nous les transportâmes à

l'institution Janvier. La dame et la demoiselle
de ce chef d'institution s'y employèrent avec
zèle.

Tout en ville était plein de blessés. M. Va-
lette nous prêta la salle du théâtre de Beaugency, dont il était directeur. Lui-même s'oc-
cupa de faire préparer tisanes et aliments.

Cette salle, située au rez-de-chaussée, voûtée,
a environ 25 mètres de long sur 10 de large.
L'air et le jour pénètrent par une immense
ouverture vitrée donnant sur le Mail. A l'opposé, est la scène, élevée de quelques marches
et, un peu plus haut, cachée par une balus-
trade, l'arrière-scène, qu'éclaire une toute
petite fenêtre. L'entrée a lieu par un corridor
étroit et sombre, où souvent l'on se heurtait
à des cadavres, des brancards, des armes et
des fourniments de soldats.

Dans l'espace de quelques heures, près de
trois cents blessés se trouvèrent là, pressés
les uns contre les autres et étendus sur la
paille.

Nous ne savions où donner de la tête. Quand
nous passions, les blessés, saisissant ce qu'ils
pouvaient de notre vêtement, cherchaient à
nous attirer vers eux. On n'entendait que
plaintes et gémissements. Des mourants se
levaient à demi, avec un regard éperdu, sur la

paille teinte de leur sang ; des bras suppliants se tendaient vers nous.

C'était un spectacle lamentable.

Nous voulûmes dresser quelques dames à faire des pansements ; nous nous aperçûmes bientôt que notre temps était mieux employé à les faire nous-mêmes. Un peu plus tard, des sœurs de charité venues de Versailles nous aidèrent avec plus de compétence. Quant à nos infirmiers, ils se mirent de tout cœur à la besogne : M. Bourgeois, l'un d'eux, se fit remarquer par son entente rapide de la petite chirurgie et nous dûmes modérer le zèle de M. Gonet qui serait tombé à la peine.

Nous avions une ambulance de cinquante hommes dans un restaurant ; une grande boutique de nouveautés en reçut quelques autres.

Les malades furent placés dans l'église Saint-Étienne.

Nous trouvâmes abandonnés par les Prussiens dans l'Asile une douzaine de blessés, tous voués à une mort certaine. On ne voyait que poitrines ouvertes, entrailles pantelantes, crânes brisés d'où jaillissaient des cervelles mélangées de sang, un amas informe de chairs humides d'où sortaient parfois des soupirs confus. On se demandait s'il ne serait pas plus humain d'achever ces malheureux et

cependant le respect de la vie, jusqu'à ses
dernières limites, nous retenait. Nous dûmes
les abandonner à notre tour en détournant
tristement notre regard des leurs.

Une ambulance de soldats prussiens était
établie près de la place publique ; une autre
sur les bords de la Loire. J'allai les visiter
jusqu'à l'arrivée d'un médecin allemand.

Un grand nombre de maisons particulières
renfermaient des blessés. On nous arrêtait
dans les rues pour que nous allions les voir.
Cet état de choses s'accrut encore quand les
ennemis furent maîtres de Beaugency. Chacun,
pour sa sauvegarde, voulait avoir son blessé.
Quelques-uns en profitaient même pour se
nourrir à nos dépens. D'accord avec les auto-
rités de la ville, M. Després prit une excellente détermination : les maisons qui voulurent
se prévaloir du titre d'ambulance durent avoir
au moins quatre blessés et se charger de leur
entretien.

Dans toutes les mesures prises, soit pour
installer, soit pour nourrir les blessés, nous
avons toujours été secondés avec empresse-
ment par le maire de Beaugency, M. Delahaye.
J'ajouterai que cet honorable magistrat a su
garder vis-à-vis des Prussiens une attitude
ferme et tout à fait digne d'éloges.

18

D'un autre côté, les médecins de la ville ne chômaient pas. M. le docteur Venot avait une ambulance au dépôt et une autre à la bibliothèque. M. Edme avait l'hôpital. Le vénérable docteur Pandelet se multipliait.

En outre de mes blessés ordinaires, un chef d'institution, M. Bellenoue, me pria instamment de soigner les siens ; il en avait couché une douzaine dans les lits de ses pensionnaires en vacances forcées. Des femmes du voisinage servaient d'infirmières à ses blessés qui furent l'objet des soins les plus assidus ; aussi, malgré quelques blessures graves, deux fractures comminutives de la jambe et un cas de tétanos, la petite ambulance ne perdit qu'un de ses hôtes, déjà atteint, en y entrant, d'infection purulente.

Nous avions à peine le temps de prendre nos repas. Le 7 décembre, nous restâmes tous vingt heures sur pied, faisant des pansements ou des opérations.

Dans cette journée fut opéré un jeune lieutenant de chasseurs à pied, M. de La Vieuville. Cet officier appartenait à une ancienne famille de Bretagne. Il avait quatre ou cinq frères ou cousins dans l'armée : l'un d'eux avait été tué, les autres étaient prisonniers. Lui-même étant très affaibli par les fatigues de la campagne, nous eûmes le chagrin de le voir succomber.

De nombreuses opérations furent faites dans les premiers jours exclusivement par notre chirurgien en chef. Plus tard il nous permit de tenir le couteau à notre tour. MM. de Mont-fumat, Miard et moi pratiquâmes sous ses yeux quelques amputations. Ni les unes, ni les autres d'ailleurs ne furent heureuses : sur 31 grandes opérations, 25 opérés moururent.

Il faut attribuer ce résultat à la fatigue ; à l'insuffisance, dès le début, d'aliments répa-rateurs, à l'encombrement, au froid excessif et au défaut de chauffage. Il faut tenir compte aussi des tristesses de la défaite, de la frayeur inspirée par la perspective d'être fait prison-nier, par le bruit incessant des batailles qui, pendant plusieurs jours se sont livrées au-tour de Beaugency, par le bombardement et la prise de cette ville.

Et malgré tout la mortalité n'a pas été aussi grande qu'on aurait pu le craindre ; elle a été environ de vingt-cinq pour cent.

BOMBARDEMENT

XXV

Le 8 décembre, à trois heures de l'après-
midi, au moment où nous venions, après une
matinée laborieuse, de prendre notre premier
repas, nous entendîmes quelques obus éclater
autour de nous. Bientôt le bombardement
devint continu, assourdissant.

Les batteries prussiennes tiraient de trois

points à la fois. En trois heures, quatre à cinq cents bombes s'abattirent sur Beaugency.

J'étais sur le pas de la porte de l'hôtel, lorsqu'un obus vint faire explosion dans la maison en face avec un tel fracas que je fis un brusque saut en arrière, et prudemment regagnai la salle à manger où se trouvaient la plupart de mes collègues.

Sur ces entrefaites, M. Vossenat, tout essoufflé, arriva nous disant : « Les bombes tombent sur l'école. » — C'était, on le sait, une de nos principales ambulances.

M. Després partit aussitôt avec lui.

Je fus les rejoindre.

Au rez-de-chaussée étaient deux salles où l'on avait placé les blessés. Dans l'une d'elles j'aperçus la muraille percée d'un trou énorme; des débris de plâtras jonchaient le sol; les vitres étaient brisées.

Plus de blessés nulle part.

Seul un capitaine d'infanterie se promenait dans la cour. — « Où donc sont-ils ? » lui dis-je. — « A la cave », me répondit-il, et il m'indiqua le chemin.

Je descendis les quelques degrés d'un perron qui donnait sur un jardin potager. C'est de ce côté qu'était venu l'obus dont j'avais constaté le passage dans le mur. Au-dessous du perron, je pénétrai dans une cave divisée en deux compartiments ; le premier était vide ; dans le second se trouvaient entassés des femmes, des vieillards, des enfants et tous les blessés de l'ambulance.

Les amputés eux-mêmes, clopin-clopant, s'y étaient rendus ; ce qui coûta cher à l'un d'eux, un tout jeune homme qui avait supporté avec un grand courage l'amputation de la cuisse, et qui succomba à une hémorragie.

Au milieu de cette foule bigarrée, inquiète, du sein de laquelle s'élevaient confusément des soupirs de douleur et des exclamations d'effroi, était étendu, sur un brancard inondé de son sang, un de nos infirmiers, M. Blanchetière. Le projectile qui avait troué la muraille l'avait frappé tandis que, à genoux, il pansait un blessé.

Lui seul, sur quatorze personnes, avait été atteint.

A sa droite était un soldat prussien que nous avions recueilli dans l'ambulance. Il tenait une de ses mains dans les siennes et la portait de temps en temps à ses lèvres ; il avait des larmes plein les yeux. L'abbé Leroy soutenait la tête du moribond sur ses genoux et l'exhortait à la résignation. De son côté, M. Després exami-

nait les blessures. Le genou droit était brisé ;
le pied gauche tenait à peine à la jambe.

Deux ou trois chandelles éclairaient d'une
lueur indécise cette scène lugubre.

Au bruit de mes pas, Blanchetière tourna la
tête : — « Ah ! c'est vous, Monsieur Amanieu »,
dit-il avec un pâle sourire et il me tendit la main.

M. Després prit la parole : — « Blanchetière,
il faut que je vous coupe la cuisse. » — « Faites
comme vous le jugerez convenable, » répondit
le blessé.

La boîte à amputations se trouvait à l'hôtel.
En dépit des bombes qui continuaient à pleu-
voir, M. Vossenat courut la chercher.

Pendant ce temps, nous comprimions les
artères ; Blanchetière, lui, était d'une patience
admirable. — « Mon Dieu, s'écria-t-il,
prenez-moi, mais sauvez la France ! » Ce
brave garçon avait toujours montré une
grande fermeté, unie à une grande douceur.
C'était lui, qui, habituellement, en tête de
l'ambulance, portait le drapeau à croix rouge,
lorsqu'on approchait d'une place ou qu'on
cheminait vers les lignes prussiennes. Les
blessés étaient pour lui des amis et des frères.
Il avait soigné le Prussien qui pleurait à son
chevet et l'avait préservé contre les habitants

qui, furieux du bombardement, voulaient lui faire un mauvais parti.

M. Vossenat revint. Il apprêta les instruments ; je continuai la compression et, tandis que M. Bourgeois soulevait le membre, M. Després, saisissant le couteau, en un tour de main sépara les chairs, puis la scie détacha le fémur. Les ligatures furent faites, les lambeaux réunis. Le patient qu'on n'avait pas jugé prudent d'insensibiliser par le chloroforme, à cause de sa faiblesse, subit sans se plaindre cette douloureuse opération.

Le chirurgien en chef examina attentivement l'autre membre. — « Blanchetière, dit-il, il faut encore que je vous coupe la jambe, mon pauvre ami.—C'est-il absolument nécessaire, Monsieur Després. — Oui. — Eh ! bien, je m'en rapporte à vous. »

A ce moment, nous fûmes subitement distraits par la chute d'un corps ; un homme de Beaugency qui s'était réfugié là, effrayé par le bombardement et plus encore par le spectacle qu'il avait sous les yeux, tombait sans connaissance.

La deuxième opération fut supportée par le blessé avec le même courage. A peine si un soupir contenu s'échappa de ses lèvres. Pendant qu'elle avait lieu, comme si par un jeu de la pensée, il se fût vu déjà marchant avec ses deux jambes de bois : « Mon Dieu ! dit-il, faites que je ne m'enorgueillisse pas de mes blessures ! » Belle pensée sans doute au point de vue religieux, mais qui prouve une fois de plus à quel degré une éducation spéciale peut modifier les sentiments les plus naturels et les plus légitimes.

Affaibli par les fatigues, par une perte énorme de sang, Blanchetière ne survécut pas à cette double opération. Blanchetière n'avait que 34 ans. Il était rédacteur d'un journal catholique.

Le surlendemain eurent lieu les funérailles, nous y assistâmes tous.

Victime de cette folie humaine qui consiste à s'entretuer pour avoir raison, Blanchetière devait l'être encore après sa mort de la cupidité de nos ennemis. Ceux-ci violèrent sa sépulture.

Le corps avait été enseveli dans un cercueil de chêne pour être envoyé à sa famille et provisoirement déposé dans un des caveaux de l'église. Les Prussiens, pendant la nuit, défoncèrent la porte du caveau, et, croyant y trouver un trésor caché, firent sauter le couvercle de la bière.

Dès que le bombardement fut calmé on se

M. Després examinait les blessures. — (Page 81.)

hâta de remonter les blessés dans les salles d'ambulance. Par précaution on les transporta ensuite dans les caveaux du couvent des Ursulines, caveaux voûtés et à l'abri de la bombe. Les gens de la ville s'y étaient réfugiés en foule pendant le bombardement.

Les monuments, servant de point de mire, avaient été surtout atteints. Un toit du couvent et la muraille étaient ouverts en plusieurs endroits; dans le jardin de grandes branches retombaient fracassées des arbres et de gros morceaux d'obus s'étaient incrustés dans leurs troncs. L'église et la vieille tour de César, dont les murs ont quatre mètres d'épaisseur, conservaient de nombreuses traces de projectiles; j'en ai compté une vingtaine dans le Cloître Saint-Firmin.

Au plus fort de la canonnade, deux Anglais, MM. Fraiser et Davis, avaient voulu monter sur le clocher pour jouir du coup d'œil. Les obus redoublèrent. — « Oh ! yes, disaient-ils parfois sans s'émouvoir, celui-là il a bien touché ! » Puis, dans la rue, notre collègue Lemarchand voulant ramasser un obus qui n'avait pas éclaté : — « Non, pas vous, lui dirent-ils, cela ne vous connaît pas. » Ces Messieurs étaient officiers de cavalerie; ils ne cessèrent de parcourir le champ de bataille qu'ils n'aient assisté à une charge de cavalerie. Ils nous en ramenaient des blessés.

De ci, de là, dans la ville, on voyait des pans de murs éboulés et des toits effondrés. Un obus éclata dans le cabinet du docteur Venot; son jardin était saccagé.

Nous nous étónnions qu'on bombardât ainsi une ville qui ne renfermait pas de soldats.

On nous apprit que c'était en représailles d'un fait qui s'était passé à l'époque de la première occupation de Beaugency par les Prussiens, avant la bataille de Coulmiers. Trois uhlans qui faisaient une ronde s'étaient risqués dans une ruelle mal pavée, en pente vers la Loire. Il glaçait fort; leurs chevaux s'abattirent. Aussitôt des femmes, se précipitant sur eux avec des ustensiles de ménage, les avaient assommés.

Une seule personne avait été atteinte par les obus, c'était le malheureux Blanchetière.

La nuit même du bombardement, les Prussiens envahirent la ville. Des médecins et des infirmiers qui allaient d'une ambulance à une autre essuyèrent plusieurs décharges de leurs fusils, Lemarchand entre autres. Il se trouvait en ce moment près de la grande porte de l'hôtel qui était fermée; l'émotion doublant ses forces, il l'enfonça d'un coup d'épaule et tomba comme une bombe au milieu de nous.

L'ennemi voulut bien ne pas badigeonner à sa façon les murs de Beaugency, mais l'emballage se fit là comme ailleurs. Des malles sortaient pleines de chez les particuliers pour prendre place sur les véhicules des convoyeurs. Ce qu'ils ne purent emporter ils le brisèrent. J'entrai dans une maison aban donnée où ils avaient fait un tel fouillis de chaises rompues, de vaisselle cassée, de chiffons déchirés qu'on pouvait à peine marcher.

Ce pillage se continua chez les habitants qui n'avaient pas quitté leur demeure, sous la forme hypocrite de réquisitions de toute nature.

Peut-être les Prussiens diront-ils qu'ils ont alimenté la ville? Oui, certes, après avoir pris tout ce qu'elle renfermait de vivres, ils ne pouvaient faire autrement, dans leur propre intérêt, que d'en apporter chez les personnes qui les logeaient et les leur préparaient. — « C'est triste à dire, mais nous sommes presque heureux d'en avoir chez nous, me disai un jour la dame du docteur Venot, sans cela nous mourrions de faim. »

Même quand ils voulaient faire une gracieuseté, c'était encore à nos dépens. Voici comment ils s'y prirent vis-à-vis de cette

19

dame pour le jour de l'an : — « Madame, dit
un des officiers, permettez-moi de vous offrir
du chocolat que ma femme m'a envoyé de
Berlin. » L'enveloppe qui le renfermait était
blanche ; mais, en creux, sur la pâte, on lisait
le nom d'un fabricant de Paris.

SEJOUR A BEAUGENCY

XXVI

Tandis que les bombes tombaient sur Beaugency, le duc de Mecklembourg cherchait à
entamer Chanzy. Ses efforts furent vains.
Comme il était probable que ses tentatives
se renouvelleraient, le gouvernement, par précaution, se transporta à Bordeaux. Un nouveau
choc eut lieu en effet le 9 décembre à Josnes,

sur l'aile gauche, mais notre armée le soutint encore avec succès.

Cependant les Prussiens s'étaient emparés par surprise de Vernon et de Mie ; ils étaient maîtres de Beaugency ; le général en chef porta ses positions un peu en arrière.

Le lendemain 10 décembre, la bataille recommença sur ce nouveau terrain. Elle dura de 8 heures du matin à 5 heures du soir sans que l'ennemi pût forcer nos lignes.

Le général Chanzy, ne jugeant pas prudent de rester dans un pays où en cas de défaite la retraite pouvait lui être coupée, établit son quartier général à Vendôme sur le Loir. L'armée s'y transporta en bon ordre. Après quelques engagements de peu d'importance le général en chef se retira sur le Mans.

Les Prussiens recevaient incessamment des renforts ; nous les voyions passer ; ils venaient de Paris. Si, en ce moment, autour de la capitale on avait tenu l'ennemi en échec par des attaques réitérées, on l'eût empêché d'envoyer des troupes fraîches sur la Loire ; il est possible qu'alors Chanzy, victorieux, fût parvenu au but de ses efforts, le ravitaillement de Paris.

La nostalgie avait gagné les soldats allemands. Leurs officiers eux-mêmes ne semblaient pas très rassurés sur l'issue finale de la guerre, malgré leurs succès. Le premier jour de la bataille du Mans, ils étaient battus. A cette nouvelle, ceux qui se trouvaient à Beaugency, démoralisés, se mirent en toute hâte à faire leurs préparatifs de départ.

Je suis convaincu qu'une seule grande et solide victoire eût mis en fuite tous les envahisseurs de la France.

Du 2 au 10 décembre des combats acharnés s'étaient livrés autour de Beaugency et dans les environs. Pendant ces huit jours, ce fut, pour nos oreilles, un bruit perpétuel d'obus éclatant avec fracas, de mitrailleuses déchirant les airs de leur strident moulinet, de vives fusillades, dont le pétillement, à l'intensité près, ressemblait à celui du sel projeté sur des charbons ardents. Les grandes fenêtres du théâtre vibraient avec force en laissant passer tous ces sons que répercutaient sa voûte sonore. La nuit même, le vacarme se continuait.

Pendant que nous étions dans cette situation à Beaugency M. Miard, après avoir fermé les yeux à son père, s'était mis en route pour nous rejoindre. Il avait, en se rendant à Orléans, assisté à la débâcle des 15° et 16° corps, et était entré résolument dans les lignes prussiennes.

A Mie et à Meung il avait en vain offert sa

bourse à des paysans pour qu'ils lui fissent traverser la Loire.

Près de franchir le pont de Beaugency, il fut arrêté par les Prussiens. Sur le pont même, ceux-ci lui assignèrent un espace très restreint où ils le laissèrent longtemps exposé aux balles de ses compatriotes. Les factionnaires seuls paraissaient s'occuper de lui. Notre confrère était bien décidé à s'enfuir à ses risques et périls, lorsque survint un officier prussien ; il le suivit, tout en causant, jusqu'à une certaine distance des sentinelles, puis, au lieu de se réintégrer prisonnier, il longea la Loire qu'il traversa à Orléans. Après avoir fait plus de 60 kilomètres à pied, il se retrouva le lendemain au milieu de nous.

M. Jopitre, de son côté, ne tarda pas à regagner l'ambulance après une odyssée qui eut aussi ses labeurs et ses fatigues, au point que la santé de notre ami en fut ébranlée. Nous le laissâmes malade à Beaugency.

L'ambulance fut très éprouvée, du reste, durant son séjour dans cette ville. J'ai dit que M. Nancel avait été souffrant, M. Vetault, malade ; M. l'abbé Leroy eut la petite vérole, MM. Monnier, Pappaz, Chauveau, infirmiers, Lagny, cocher, durent, pendant plusieurs jours, garder le lit. Personne enfin parmi nous qui n'ait été plus ou moins gravement incommodé.

M. Jopitre nous avait apporté un chargement pour nos blessés. Peu à peu l'ambulance se ravitaillait. Déjà M. de Varennes, représentant du Comité à Tours, nous avait donné du linge et des effets. Bientôt, par son entremise, M. de Flavigny nous envoya quelque argent; nous n'en avions pas touché depuis Metz.

Ici un souvenir de reconnaissance aux Anglais. M. Vintelli, correspondant du *Times,* nous remit pour nos convalescents de chauds vêtements de laine. MM. Fraiser et Dawis, ne se contentant pas de suivre en curieux les péripéties des batailles, nous apportèrent souvent des objets de première nécessité, entre autres des boudins d'extrait de viande, aliment très substantiel et très commode à porter. Les soldats prussiens, du reste, en avaient de pareils, nous donnant en cela, une fois de plus, l'exemple de la prévoyance.

D'un autre côté, des religieuses de Saint-Vincent de Paul et un moine franciscain amenèrent un convoi de provisions.

Ces provisions furent emmagasinées chez le curé de la ville, qui jugea à propos de les distribuer lui-même aux blessés, moyen tout

prussien d'être généreux à bon marché. En
outre, sur la porte du presbytère, M. le curé
avait placé, à l'instar des grands magasins de
nouveautés qui liquident, une longue banderole en calicot blanc sur laquelle ressortaient
en caractères gigantesques ces mots : *Ambulance internationale.*

Il est possible que M. le curé ait fait la chose
sans malice ; elle ne lui en valut pas moins une
de notre part. Un matin, en sortant de sa
demeure, le curé n'aperçut plus sa banderole.
Elle avait quitté sa porte pour celle du couvent.
Pas un instant il ne crut à un miracle ; pâle
de colère, il vint se plaindre au chirurgien en
chef. M. Després se déclara incompétent.

C'était au couvent que nous avions transporté notre quartier général. Les Ursulines,
religieuses cloîtrées, qui l'habitent, s'étaient
départies en notre faveur de la règle de leur
ordre.

Les blessés, installés tout d'abord dans les
caveaux voûtés mais humides, avaient été,
après le bombardement, placés dans les dor-
toirs et les classes des élèves absentes.

Nous avons trouvé dans les Ursulines de
Beaugency des infirmières attentives aux
besoins de leurs malades. M. Pandelet, leur
médecin ordinaire, étant tombé malade, ces

dames m'avaient honoré de leur confiance; je dois dire que, dociles aux prescriptions lorsque le mal les retenait dans leur cellule, il m'était difficile d'obtenir d'elles quelque repos pour le prévenir, ou pour assurer leur guérison.

Tout le couvent était à notre disposition. Notre cuisinier s'était installé dans un des caveaux et apprêtait nos repas pris en commun au parloir. La sœur tourière nous les servait.

Dans la buanderie, des sœurs et des femmes de la ville étaient sans cesse employées à laver le linge et les vêtements des blessés. On y amenait l'eau au moyen d'une grande roue creuse mise en mouvement par un âne. Une bonne religieuse, à qui on en avait fait une sorte de sinécure pour ses vieux jours, lui prodiguait ses soins. Je vous laisse à penser si maître Aliboron était dorloté. Notre arrivée vint seule porter quelque perturbation dans sa quiétude.

Le cocher Monvoisin, qui aimait fort la plaisanterie, pensa même à lui jouer un méchant tour. En entendant piétiner dans la roue, il la saisit à deux mains et la lança avec rapidité. Mais tout à coup, s'en échappèrent des cris effarés: — « Ah! miséricorde! Jésus Maria!

Arrêtez ! arrêtez ! » On arrêta la roue et on en sortit, dans un état impossible à décrire, la pauvre sœur gardienne, en ce moment, occupée à la nettoyer.

Quand nos travaux se furent régularisés, plusieurs d'entre nous se réunirent, un peu avant le dîner, pour faire de la musique. M. Després, ténor un peu fatigué, mais plein d'élan, M. Bourgeois, agréable, ténorino, M. Pappaz, basse chantante superbe, et moi, pseudo-baryton avarié, formions le personnel chantant, Mlle P... nous accompagnait au piano. Notre audace musicale ne connaissait pas de bornes. Il est vrai que nous avions affaire à un auditoire bien disposé. Noël venu, on nous invita à chanter dans la chapelle du couvent. Jamais voix d'homme n'avait retenti sous ces voûtes, à part celle du prêtre psalmodiant l'Évangile dans les grands jours de fête ou détonant le *Dominus vobiscum*. La musique religieuse faisant défaut, M. Després eut l'idée de chanter, avec M. Bourgeois, un *Ave Maria* à deux voix sur l'air de *La Traviata*, en modifiant le rythme. Cela fit merveille.

J'avais mon logement chez l'aumônier du couvent. Une gracieuse Ursuline, s'occupait, en sœur de charité, de mon humble individu ; m'entendait-elle tousser ? Le soir je trouvais

dans ma chambre un bon feu et mon lit bas-
siné ; le matin elle m'apportait un bol de tisane
ou de lait chaud. C'en était à désirer un hiver
et un rhume perpétuels.

M. l'abbé Colas, mon hôte, me dit un jour :
— « J'étais à causer au coin du feu avec
l'abbé X. qui habite chez moi, comme vous le
savez, au rez-de-chaussée, lorsqu'un homme
de haute taille, revêtu de l'habit ecclésiastique,
un pistolet à sa ceinture et une longue pipe
suspendue à un bouton de sa soutane, survient
et, sans mot dire, prend un siège. Nous nous
rangeons pour lui faire place. Toujours muet,
il sort un cigare de sa poche et l'allume. Nous
nous regardons étonnés. Enfin il se décide à
parler : — « Mes bons amis, tel que vous me
voyez, dit-il, j'arrive de Metz, j'ai assisté aux
combats de Borny, Gravelotte, Saint-Privat,
Mars-la-Tour... » En entendant cette
nomenclature, de moi bien connue, je me mis
à sourire. — « Je viens vous demander un lit
pour cette nuit. — Je le regrette, répondit
M. l'abbé Colas, mais nous n'en avons point.
— Qu'à cela ne tienne, réplique l'autre, je
coucherai avec l'un de vous. »

A cette proposition, l'abbé X..., qui était
paralysé et à qui par conséquent tout espoir de
fuite était interdit, eut un tressaillement d'effroi.

— « Je ne dînerai pas avec vous, ajouta le visiteur, car j'ai promis à un ami dont je viens de faire la connaissance. A ce soir.

Il ne vint pas et plus nous ne le revîmes.

— Votre inconnu, dis-je à l'abbé surpris, je le connais intimement. C'est le *Père Gravelotte.* » Et je racontai à l'aumônier du couvent ce que l'on sait de lui.

Je dus défendre nos appartements contre les empiètements des officiers prussiens. La chambre que j'occupais, convenablement meublée, prenait jour par deux grandes fenêtres sur la vallée de la Loire. Elle tenta l'un d'eux. — « Je prendrai cette chambre pour moi », dit-il, quoi qu'on lui eût appris qu'elle était la mienne. — « Vous le pouvez, répliquai-je, mais ce sera par la force et je vais immédiatement protester devant qui de droit. » Il battit en retraite silencieusement; mais, en quittant la maison; il me lança cette flèche du Parthe : — « Messieurs les médecins, ils aiment à être bien logés. » Je lui répondis : — « Tout comme vous, monsieur l'officier. » Lui aussi, on ne l'a pas revu.

SÉJOUR A BEAUGENCY

(SUITE)

XXVII

Beaugency était une étape prussienne; nous voyions s'effectuer tous les jours sous nos yeux un grand mouvement de troupes : les soldats arrivaient tantôt à pied, tantôt dans des voitures qu'ils avaient réquisitionnées ou volées.

Rigoureux quand il s'agissait du service, les officiers prussiens s'attachaient à ménager

20

leurs troupes dans les marches comme sur le champ de bataille. Ils cherchaient, par des surprises de nuit, des embuscades, des abris adroitement ménagés derrière des arbres ou des monticules, à leur réserver le rôle le plus avantageux ; et, quand ils le pouvaient, à leurs éviter les fatigues d'une trop longue route.

Pendant les armistices ou les périodes d'inaction au contraire, maintenant une discipline sévère parmi les soldats, ils les tenaient en haleine par des manœuvres et des exercices militaires réguliers.

A peine arrivés dans une ville, les soldats allemands s'y installaient comme chez eux. Le boulanger, quittant l'uniforme, bras nus, tout enfariné, pétrit sa pâte et enfourne son pain ; le cordonnier prend le tablier de cuir de son confrère absent et tire l'alène comme si elle eût toujours été sienne. Tel se fait armurier ; tel autre tailleur. Je me disais, en voyant tout cela, qu'avec des gens pareils la colonisation devait être facile.

Malgré leur aspect moyen âge et leur formidable organisation militaire, les idées de paix et de progrès social n'en sont pas moins répandues en Prusse dans la classe ouvrière. Toutefois, obligés de combattre, ils se courbaient devant la fatalité. Un soldat prussien

venait de transporter, dans notre ambulance, un
blessé français usant à son égard des plus
grandes précautions. Je le remerciai. Il me
répondit :—« Allemands, Français, tous bons;
Bismarck, Napoléon, *capout*. » Et ce n'est
pas le seul que j'aie entendu exprimer de sem-
blables sentiments.

Beaucoup de personnes ont entendu pro-
noncer ce mot *capout* sans se rendre compte,
sans doute, de son étymologie. Un sergent
prussien me l'expliqua ainsi : — « Quand vous
jouez aux cartes vous dites *capot*, c'est ce mot
que nos soldats ont adopté. » Il est évident
d'ailleurs, que beaucoup de ceux qui le pro-
nonçaient en ignoraient eux-mêmes l'origine ;
et ils en avaient considérablement étendu le
sens.

Le prince Frédéric-Charles traversa Beaugency. Il y laissa, comme le roi à Pont-à-Mousson, un souvenir peu gracieux de sa présence.
Le prince logeait chez un des notables de la
ville, M. Laurin de Chaffin. Pendant le repas,
les soldats de son escorte descendirent à la
cave et se mirent gaillardement à festoyer de
leur côté. Le maître de céans se plaignit en
vain à l'officier. Il demanda à parler à Frédéric-
Charles. — « Quand le Prince mange, lui
répondit-on, on ne le dérange pas. » Ce

n'est pas tout, après le départ de ce prince
fameux, on trouva au milieu de sa chambre
certain objet mal odorant qui d'ordinaire se
dépose en tout autre lieu.

Les Prussiens semblent avoir un goût tout
particulier pour ces facéties ultra-rabelai-
siennes. Elles se répétaient partout avec assai-
sonnements divers. Je passe sur ce sujet la
parole à M. Boucher, professeur au lycée d'Orléans, qui a raconté l'investissement de cette
ville.

« Ils ont, dit-il, l'esprit du bas-ventre. Chez
« un de nos juges ils laissent, en témoignage
« d'eux-mêmes, un excrément sur chaque
« chaise ou fauteuil. Certains remplissent de
« la même matière, le chapeau des cochers de
« la maison et le déposent dans le salon sur
« la table ! d'autres en garnissent des coupes
« qu'ils remplissent de fleurs. » Pouah !

En outre des Prussiens, souvent aussi nous
voyions passer des soldats français, prisonniers ; hélas ! On les enfermait pêle-mêle dans
l'église de Beaugency, jusqu'au départ. Des
femmes de la ville leur apportaient avec des
vivres, dont ils avaient souvent grand besoin,
des vêtements civils. Les plus hardis s'en
revêtaient et se cachaient dans un recoin de

l'édifice attendant le moment favorable pour s'évader.

Un grand nombre étaient exténués par la fatigue ou la maladie. J'en emmenais avec moi le plus possible. — « Ils sont malades, » disais-je en passant à leur gardien. — « Docteur, Monsieur? » demandait celui-ci. — « Oui. — C'est bien. »

Pour les blessés de nos ambulances même, les Prussiens ont été peu exigeants ; il faut dire que nous avions le soin de ne leur montrer que les plus gravement atteints. Ils n'allaient pas au delà dans leurs investigations. Un incident, du reste peu encourageant, signala leur dernière venue. Au moment où l'officier étranger entrait dans la salle des blessés, je faisais une amputation : la plaie béante laissait échapper des jets de sang qui marquaient de rouge les linges et le parquet. Tout autour gémissaient des blessés, étendus sur leur lit. A ce spectacle, l'officier qui, tout à l'heure, le verbe haut, voulait prendre possession de notre ambulance, interrompit brusquement sa visite et ne la renouvela pas.

De temps en temps, deux ou trois soldats et un sous-officier traversaient l'ambulance, s'emparaient des chassepots et les brisaient sur le seuil. On eût dit qu'ils prenaient plaisir à se venger, sur cette arme, de la terreur qu'avait pu leur causer le fer aigu qu'elle porte.

De cette terreur, le récit suivant est un témoignage. Un grand et fort jeune homme, sergent dans les mobiles de la Sarthe, donnait, avec quelques soldats de sa compagnie, la chasse à des Prussiens. Ceux-ci se réfugient dans une grange. Il court en avant, enfonce la porte et se précipite sur eux à la baïonnette. Les Prussiens fuient ou se rendent.

Notre héros, en se retournant, s'aperçoit qu'il est seul.

Sans perdre la tête, il prend les armes que les prisonniers ont déposées, leur fait signe d'attendre et se hâte de battre en retraite. Malheureusement, d'autres Prussiens étaient survenus et ses camarades étaient loin. Il reçut deux balles et tomba. Ses blessures furent sans gravité et il se disposait à les leur faire payer cher.

Les Allemands sont bien organisés et marchent comme une mécanique mue par un ressort, mais ils n'ont pas le feu sacré; tous nos soldats étaient d'accord pour dire qu'à la baïonnette ils ne tenaient pas. Sur deux mille blessés environ, je n'en ai pas vu un seul qui le fût par une baïonnette prussienne.

Napoleón et Bismarck, capout... — (Page 307.)

Mes blessés allemands, à Beaugency comme à Sedan, se montraient moins durs au mal et plus exigeants que nos soldats. L'un d'eux me fit appeler un jour en toute hâte; on l'eût dit mort; une balle, qu'avait amorti son casque de cuir bouilli, lui avait simplement égratigné la tête.

Par contre, un Français désirait que je l'opère. Trois ou quatre jours auparavant, j'avais extrait une balle à un de ses camarades, opération qui avait été peu douloureuse, car le projectile se trouvait dans un abcès où je n'avais eu qu'à le cueillir. S'imaginant, sans doute, que mon bistouri était plus doux que celui de mes confrères, il avait attendu patiemment que je vinsse auprès de lui pour révéler sa situation. Quel ne fut pas mon étonnement lorsque, au lieu d'une balle, je retirai de sa blessure un énorme bouchon d'obus.

J'eus, en quelque sorte, la spécialité des amputations de doigt. Pour mes confrères, je dirai en passant que, bien que les blessures des doigts guérissent généralement avec facilité, je préférais recourir presque toujours à la désarticulation, à cause de l'utilité consécutive de la main. Cette donnée chirurgicale se trouva un jour nettement consacrée par l'expérience. Tandis que nous déjeunions, à

Mer, un soldat vint nous prier de lui recouper un doigt ; on lui en avait, disait-il, laissé un morceau de trop. La deuxième phalange, cicatrisée en son milieu, et raidie par l'ankylose, formait une saillie fort incommode lorsque les autres doigts étaient fléchis.

Cependant, un certain nombre de blessés avaient été évacués sur Blois et sur Orléans. Un plus grand nombre avaient peu à peu déserté l'ambulance pour rentrer dans leurs foyers ou rejoindre leurs corps. Ces derniers étaient secondés dans leur fuite par un homme intelligent, énergique et bon patriote, le curé de Tavers. Il les accueillait chez lui et leur facilitait le passage de la Loire.

J'ai eu le regret de constater que deux officiers, l'un jeune lieutenant d'artillerie, élève des Jésuites et de l'Ecole polytechnique, l'autre capitaine d'infanterie, sont restés jusqu'au dernier jour dans l'ambulance, bien que l'état de leur santé ne les y contraignît pas.

En revanche, près d'eux se trouvait un blessé qui ne laissait pas passer de jour sans s'informer s'il guérirait bientôt et quand il pourrait rejoindre son corps. — « J'ai été blessé dans toutes les affaires, disait-il, je le serai encore, c'est fatal, mais je leur revaudrai ce qu'ils m'ont fait. » Il partit en bourgeois, avec un œil de moins, à peine guéri de trois graves blessures. Ce brave soldat était commandant au 66ᵉ de ligne.

Nous songeâmes à notre tour à rejoindre l'armée française. Notre petite ambulance, depuis le chef jusqu'au cocher, ainsi qu'en a littéralement témoigné le maire de Beaugency, avait fait son devoir.

Je signalerai en passant l'erreur dans laquelle étaient tombés les chefs de la *Société internationale* en organisant de grandes ambulances, pourvues d'un matériel encombrant. Tandis que nous nous portions vivement d'un lieu à un autre, nous multipliant pour soigner les blessés, il est arrivé que telle grande ambulance est restée de longs jours n'ayant guère à s'occuper que d'un malade par ambulancier.

L'administration paraît avoir compris plus tard ce vice initial. Il ne se renouvellera pas, il faut l'espérer, dans l'avenir, soit que la Société ait l'occasion de se reconstituer, soit que le département de la guerre organise lui-même de petites ambulances volantes intermédiaires entre les grands hôpitaux fixes et les chirurgiens militaires qui ont pour fonction de suivre les corps d'armée.

Ces petites ambulances recueillant les blessés des mains de ces derniers, deviennent aujourd'hui une création indispensable à cause de la rapidité avec laquelle s'effectuent les opérations militaires.

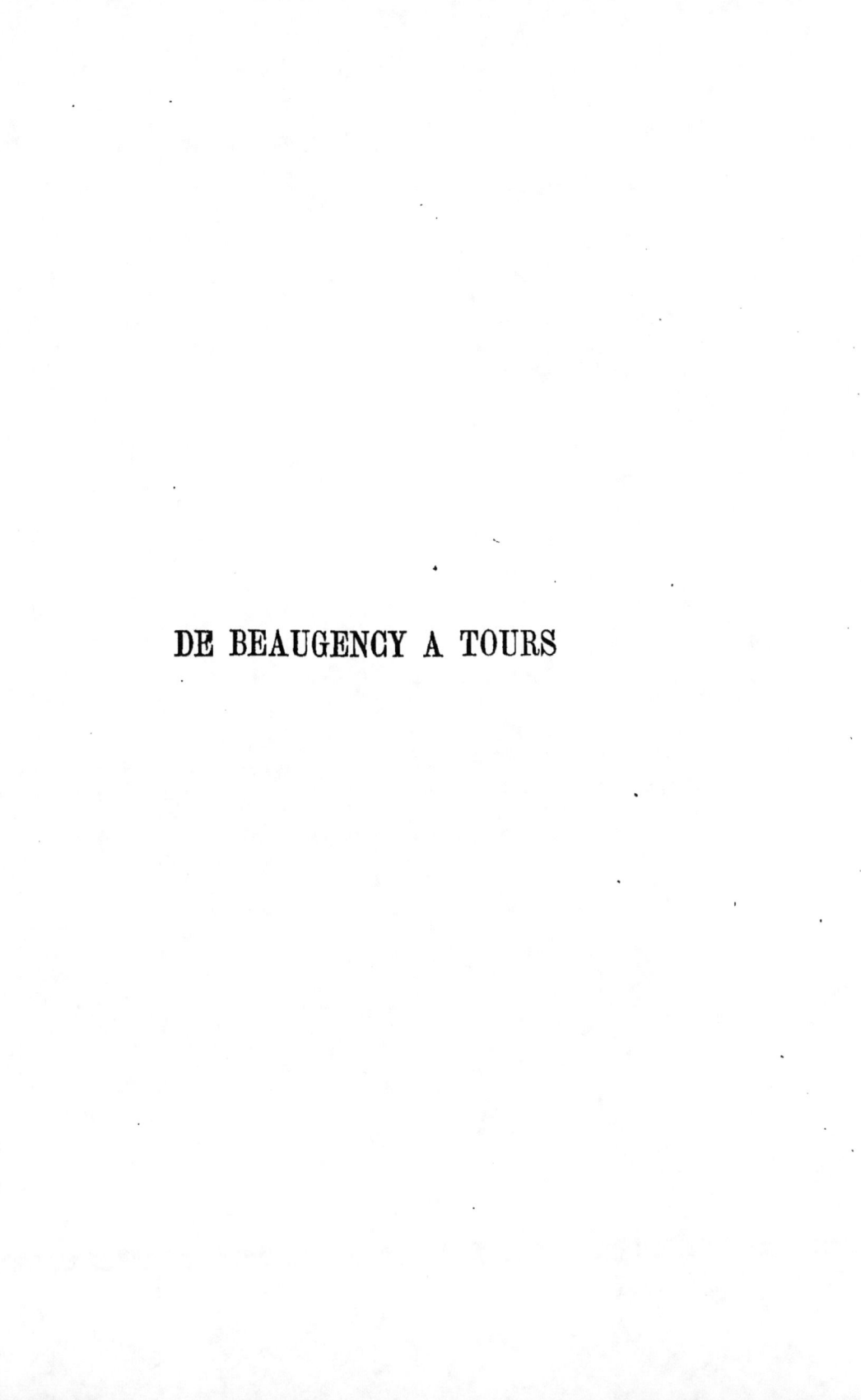

DE BEAUGENCY A TOURS

XXVIII

Nous quittâmes Beaugency, le 28 janvier,
nous dirigeant sur Tours, où se trouvait le
centre de notre Société en province. Nos
plus grands blessés avaient été confiés aux
médecins de la ville ; nous en amenions quelques autres.

Après avoir déjeuné à Mer, nous arrivâmes
dans la nuit à Ménars. Une formidable déto-
nation nous fit tout à coup tressaillir. C'était
le pont de Blois que les Prussiens faisaient

sauter pour se mettre à l'abri des troupes de la division Pourcet, qui venait de s'emparer du faubourg de Vienne.

Nous trouvâmes l'hospitalité dans le château de Ménars, splendide résidence du prince de Chimay. Une ambulance y avait été établie. Elle renfermait encore quelques blessés que des chirurgiens en partant avaient abandonnés aux soins de quelques religieux et des gens de la maison. Du premier étage, où chacun de nous eut sa chambre, la vue reposait agréablement sur le jardin, les serres et le bois, qui entourent l'habitation ; de là, elle s'étendait indéfiniment sur la plaine fertile de la Loire, qui coule aux pieds du château.

Le lendemain, notre comptable M. Gérin me dit : — « Vous connaissez le groupe de Carpeaux, au Grand-Opéra, venez voir celui-ci. » Et il me conduisit à l'extrémité de l'allée qui borde la terrasse. Un groupe en marbre blanc placé en ce lieu représente Zéphyr et Flore ; c'est une œuvre remarquable du règne de Louis XV. Certes notre habile sculpteur n'aurait pu nier avoir puisé là une de ses meilleures inspirations ; Zéphyr et le danseur du groupe de l'Opéra, c'est tout un. Carpeaux, me dit Gérin, était un des commensaux de la maison.

D'une enjambée nous fûmes à Blois. Nous
y apprîmes la nouvelle de l'armistice.

Quand nous voulûmes continuer notre
voyage, malgré l'armistice et malgré le sauf-
conduit que nous avait délivré le commandant
prussien de Beaugency, au dernier poste de la
ville on nous arrêta. Pour aller plus avant, il
nous fallait une autorisation expresse du gou-
verneur de Blois.

Ici, se place un incident de brutalité soldates-
que qui n'est pas un fait isolé chez les Prussiens : un des soldats du poste s'étant trouvé
un peu en retard pour prendre rang auprès de
ses camarades, le sous-officier en passant lui
allongea une calotte que je qualifierai *homé-
rique*. Le soldat, se baissant, l'esquiva et put
s'aligner tout penaud. Franchement, à ce point
de vue, la discipline prussienne ne fait pas
mon admiration, et je suis convaincu que maint
soldat français, recevant pareil horion des
mains de son caporal, lui eût aussitôt planté
un pouce de sa baïonnette dans le ventre.

Nous marchions le long des quais ; de l'autre
côté de la rivière était le faubourg de Vienne
occupé par les Français. Pour n'être point vues,
les sentinelles s'étaient placées à genoux
derrière le parapet et les becs de gaz qui le
dominent. Les soldats avaient eu soin de

prendre des coussins de canapés dans les maisons voisines.

Arrêté par un besoin pressant dans une des ruelles qui donnent sur le quai, j'aperçus à l'autre extrémité un soldat prussien qui me mettait en joue ; sans chercher à approfondir ses intentions, faisant un bond en arrière je m'empressai de me mettre à l'abri.

Notre séjour à Blois nous laissa le temps de visiter le beau château où se tinrent les Etats en 1576.

Une habile restauration l'a rendu tel qu'il était à l'époque de Catherine et de Charles IX. On y montre la salle des gardes, la chambre du roi et la place où fut assassiné le duc de Guise ; tout près le boudoir et la coquette chapelle de la reine ; plus loin, la tour, non restaurée, où fut enfermé le cardinal de Lorraine. Le reste fut démoli par ce maladroit Gaston, frère du roi, qui y substitua un corps de bâtiments mansardés, à l'une des fenêtres duquel, par une bizarrerie du temps, j'aperçus un grand Arabe, drapé dans son burnous d'un rouge éclatant. Dans ce compartiment du château était établie une ambulance.

Dès que notre feuille de route fut visée nous reprimes notre chemin. Nous longeâmes la Loire, tout en admirant les châteaux qui la dominent du haut de pittoresques rochers, creusés de mille trous, qui sont tantôt des grottes, tantôt des caves profondes, tantôt de vraies habitations ; et, nous arrivâmes ainsi à Tours, après une charmante pérégrination.

Il fut décidé que nous attendrions dans cette ville la fin de l'armistice, ou du moins la décision que prendrait l'Assemblée qui allait se réunir, au sujet de la cessation ou de la continuation des hostilités.

Pour éviter des frais, nous louâmes une maison dans un des faubourgs.

Cependant, nous ne restâmes pas complètement oisifs. Plusieurs d'entre nous furent chargés de missions concernant soit le ravitaillement des ambulances voisines, soit le transport des blessés.

M. E. de Flavigny dirigeait avec dévouement et activité les opérations du Comité, secondé par M. Renou, son secrétaire, Mme de Flavigny et Mme Moysset, ses belle-sœur et belle-mère, qui ne se ménageaient pas. Elles s'occupaient du magasin central de la lingerie et de l'ambulance. Les quelques blessés qui s'y trouvaient, ne paraissaient pas pressés de quitter leurs infirmières, dont les soins attentionnés rappelaient à mon esprit cette pensée si excellemment exprimée par M. About dans

un de ses ouvrages : « Saint Vincent n'a inventé
« qu'un uniforme, car il y a dans la femme de
« tout rang et de tout âge l'étoffe d'une sœur
« de charité. »

Je fus, pour ma part, envoyé en mission à
l'ambulance de Vendôme.

A la tête de cette ambulance se trouvait une
femme, Mme Cahen. Cette dame éprouva peut-
être une certaine satisfaction d'amour-propre à
me faire visiter les salles du lycée transfor-
mées en ambulance, mais je me plais à lui
rendre cet hommage que cette satisfaction était
légitime. Plus de trois cents blessés y avaient
été soignés dans les meilleures conditions possible.

Vendôme est une vieille ville avec de curieux
souvenirs. L'antique donjon, débris des ducs
de Vendôme, la domine. Pour pénétrer dans
son intérieur, on passe sous une grande porte,
bien conservée, aux pieds de laquelle coule le
Loir, petite rivière bordée d'usines et de frais
ombrages, mélange pittoresque de l'activité de
l'homme et de celle de la nature. A l'intérieur
de la ville, on remarque l'église de la Trinité,
gracieux modèle du style fleuri, avec de magnifiques vitraux des xve et xvie siècles ; et tout
près de cette église une tour carrée, qui est,

suivant M. Viollet-le-Duc, une des plus belles constructions du xii° siècle.

Comme je montais un cheval plus habitué à traîner la charrette qu'à porter un cavalier, je dus m'arrêter pour passer la nuit, dans un petit village du nom de Saint-Amand.

En attendant le repas, je causai avec l'hôtelier et voici, entre autres choses, ce qu'il me dit : — « J'ai eu deux fois ici le général B... La première fois, c'était avant Coulmiers, i s'est bien battu, tout le monde lui rend cette justice; la seconde fois, ce n'était plus le même homme, il était sombre, ses officiers lui obéissaient mal. Il paraît qu'un certain nombre de généraux, dont il était, s'étant trouvés réunis à Orléans dans un dîner où ils avaient échangé leurs impressions, il en était sorti la tête à l'envers. »

On remarquera que ce récit concorde avec ce que nous avions entendu dire nous-même à Orléans.

A mon retour, M. de Flavigny, désirant évacuer le peu de blessés qu'il avait à Tours, je fus chargé d'en accompagner un certain nombre jusqu'à Langeais. J'avais en outre à en prendre quelques-uns à l'hospice de la ville, qui était occupée par les Prussiens.

Les blessés arrivèrent sans encombre à

Langeais où je les laissai entre les mains de
M. Dallon, qui avait établi une ambulance dans
sa propre maison, et qui se chargea de les
faire parvenir à destination.

Notre infirmier Blanchetière était originaire
de cette localité.

J'allai voir ses vieux parents. Il me sembla
tout à coup être le jouet d'une hallucination,
tant était grande la ressemblance de la personne qui me reçut avec notre pauvre mutilé.
C'était son frère; et j'ignorais qu'il en eût un.
Tous étaient dans l'affliction la plus profonde.
Je ne pus, comme consolation, que leur raconter l'héroïsme de ses derniers jours.

RÉPUBLIQUE ET MONARCHIE

XXIX

Les légitimistes au combat. — Tours. — D'impudents fournisseurs. — Promenade aux flambeaux. — Proclamations ultra-pacifiques. — Journaux. — Garibaldi. — Louis Blanc. — Lamartine. — La République et le suffrage universel. — Origine des monarchies. — Pluie de décorations. — Spéculateurs. — Avantages de la forme républicaine.

Dans le traget de Tours à Langeais je passai aux pieds du fier château des ducs de Luynes qui avoisine la vallée de la Loire et dont l'héritier venait de se faire tuer pour son pays.

Je ne puis m'empêcher à ce sujet de témoigner du patriotisme dont ont fait preuve en ces malheureux jours, au milieu de défail-

lances sans nombre, quelques représentants
de la vieille société française. Les Luynes, les
Cathelineau et autres, se sont battus vaillamment sans s'informer à qui profiterait la victoire, de la République ou de la légitimité.
Une semblable conduite, si elle ne suffit pas à
son triomphe, fait du moins le plus grand
honneur au parti qui la tient.

Ce n'est pas à Tours que se dévoilaient de
pareils sentiments. Les Prussiens n'étaient
pas vus d'un trop mauvais œil dans la capitale de la Touraine; ils semblaient se pavaner
avec satisfaction, et sans qu'on y trouvât à
redire, dans la Grand'rue de la ville. Les bou-
tiquiers prisaient fort leurs *Gulden*, quelques
chapeliers avaient même poussé l'impudeur
jusqu'à mettre à l'étalage des casquettes d'officiers prussiens.

Une fois pourtant les habitants montrèrent
un peu plus de respect d'eux-mêmes. A l'occasion de la fête du prince Frédéric-Charles,
il y eut grande promenade aux flambeaux.
Les magasins et les fenêtres restèrent fermés.

Mais quand vint le moment d'élire les
députés, on vit s'étaler sur les murs des
affiches éhontées portant en grosses lettres
ces mots : — « Nous voulons la paix. »
Comme s'il n'eût pas été assez de laisser

soupçonner ce désir, sans le formuler sous l'œil des Prussiens; nos ennemis ne pouvaient-ils pas se croire autorisés par là à nous inspirer des conditions plus dures?

Les journaux républicains du pays protestèrent; toutefois, ce n'est pas la liste de leurs candidats qui sortit du scrutin; et, lorsque l'Assemblée fut réunie à Bordeaux, une feuille réactionnaire, renchérissant sur l'injustice de la Chambre à l'égard de Garibaldi, imprima sans vergogne les lignes suivantes : « L'atti- « tude fort peu encourageante de l'immense « majorité de la Chambre a forcé l'agitateur « italien à abandonner la partie et nous a « débarrassé d'un personnage dont la pré- « sence dans une assemblée française était « un scandale, comme avait été un scandale « sa présence à la tête d'un corps français. »

Heureusement, qu'à côté de ces petites haines de parti, on entendait à la même époque, du haut de la tribune française, retentir ces paroles mémorables affirmant avec une logique irrésistible la nécessité absolue de la République en face du suffrage universel. « S'il est une institution, » dit Louis Blanc, l'éminent historien, « qui ait par essence un « caractère non provisoire, la République est

« cette institution-là, par cette raison qu'elle
« est la forme, je ne dirai pas naturelle mais
« nécessaire de la souveraineté populaire,
« parce que le suffrage universel lui-même ne
« peut rien contre la République... Il ne
« peut rien contre la République, parce que
« la génération présente ne peut confisquer
« le droit des générations futures, parce que
« si le suffrage universel rétablissait l'hérédité
« monarchique qui suppose l'immutabilité, il
« se suiciderait, il perdrait par cet acte sa
« raison d'être... La souveraineté d'aujour-
« d'hui ne peut prévaloir contre la souverai-
« neté de demain. »

Il semble évident qu'en admettant en principe
l'hérédité, une seule monarchie est légitime,
celle de droit divin. Mais si l'on remonte à
son origine on s'aperçoit que le droit divin
n'est autre chose que le droit du plus fort,
que les religions se sont toujours plu à consa-
crer.

Ainsi Pépin, pour se débarrasser de Chil-
déric III dont il exerçait le pouvoir, envoie une
ambassade au pape Zacharie en le priant de
répondre à cette question : — « Lequel des deux
est roi, celui qui en a la puissance ou celui
qui en a le nom ? » Ce à quoi le pape se hâta
de répondre : — « Celui-là est roi qui en a la

puissance. » Hugues Capet consolide l'usur-
pation du trône dans sa famille en faisant
sacrer son fils Robert. Napoléon suit les
mêmes errements.

De sorte que la légitimité elle-même n'a
d'autre fondement, d'autre consécration réelle
que celle du temps.

Quant au nom seul de *République* son pres-
tige est tel que, malgré les dissentiments des
républicains entre eux, malgré les fautes de
ses représentants, malgré les tempêtes au sein
desquelles elle a plusieurs fois sombré, il est
et restera l'idéal des imaginations avides de
justice et de liberté. « La preuve, dit Lamar-
« tine, que la liberté est l'idéal divin de l'hom-
« me, c'est qu'elle est le premier rêve de la
« jeunesse et qu'elle ne s'évanouit dans notre
« âme que quand le cœur s'avilit et se décou-
« rage. Il n'y a pas une âme de vingt ans qui
« ne soit républicaine, il n'y a pas un cœur
« usé qui ne soit servile. »

Le mot seul ne suffit pas cependant. Il fau-
drait dégager, de cette forme de gouvernement,
la foule d'abus qui encombraient les régimes
passés. En ce moment il y en eut un vraiment
inouï : celui des décorations. Il en pleuvait. Le
nombre des chevaliers de la Légion d'honneur
dans les premiers mois de 1871 s'est élevé de

plus d'un quart ; quotidiennement s'étalaient dans les journaux des listes nouvelles de décorés.

Je ne pouvais comprendre qu'on se parât de rubans étincelants et de clinquants joyeux au moment où le pays éprouvait des désastres sans pareils. Combattre pour sa patrie, c'était le devoir ; la sauver, la récompense. Il m'est pénible d'aller chercher chez les ennemis de mon pays un exemple de dignité patriotique ; vaincus à Gravelotte les Prussiens distribuèrent des croix, il est vrai, mais une croix blanche à quatre branches bordées de noir, une croix de deuil.

J'ai entendu dire à Tours que des fournisseurs s'étaient livrés à de honteuses déprédations. Les ennemis de la République cherchaient à en faire retomber la faute sur le gouvernement, sans tenir compte des mille préoccupations du moment qui excluaient un contrôle aussi sérieux qu'il eût pu l'être en temps ordinaire. Puis, les mœurs ne se réforment pas en un jour. C'était malheureusement la suite des errements familiers au régime qui venait de finir. Tout gouvernement qui fléchit, tout peuple qui sombre a de ces faits dans son histoire.— « La vénalité des charges, « les exactions de toute nature furent, dit

« Montesquieu, une des plaies qui causèrent
« la chute de l'Empire romain. »

Un des avantages incontestables de la
forme républicaine est de pouvoir évoluer
dans les plus larges limites sans révolution.

Par la marche naturelle des choses, une
majorité succède à une majorité, un chef de
pouvoir à un autre ; tandis que, dans le régime
monarchique le plus souvent ce n'est plus
une succession, c'est un effondrement. Le
dernier, celui de l'empire s'est fait, hélas !
dans les flots de sang de deux nations et a
coûté deux provinces à la France

DE TOURS A PARIS

XXX

Nous profitâmes des loisirs que nous laissait l'armistice pour visiter quelques-uns des châteaux des environs de Tours. Je connaissais déjà la Touraine : Chambord, cette merveille architecturale de la Renaissance, cadeau royal d'un peuple à un roi qui n'en a guère joui; Chenonceaux sur ses vieux pilotis, se baignant dans la fraîcheur des eaux et l'ombre

des grands arbres, auquel M. Wilson a
refait une jeunesse; Amboise, célèbre dans
les temps modernes par la captivité d'Abd-el-
Kader et le cimetière d'enfants, spécial à sa
nombreuse progéniture.

J'avais visité, à Tours même, la maison de
Tristan, enserrée dans ses liens de corde en
pierre sculptée, emblème de celle qu'il passait au cou de ceux que lui livrait la justice
sommaire de son maître, Louis XI; près de
Tours, Plessis, la demeure de ce monarque
cruel et superstitieux; on y montre le caveau
où fut enfermé le cardinal de La Balue, dans
une cage en fer. Plus loin est la pagode de
Chanteloup, du haut de laquelle la vue s'étend
à une portée incalculable à travers un Océan
de terre.

Je ne connaissais pas Azay-le-Rideau et je
n'eus qu'à me louer de la visite que j'y fis
avec quelques-uns de mes confrères. Oh! le
joli châtelet, dont les tourelles fines se mirent
coquettement dans l'eau qui l'environne,
mariant leur image à celle des arbres voisins.
Il est envahi par les Prussiens qui font tache
dans le parc, au milieu de toutes les gaietés de
la nature et de l'art.

En attendant le maître de céans, nous nous
promenions, à l'abri du soleil, derrière un

grand rideau d'arbres. Ce ne sont pas eux, s'il faut s'en rapporter à Balzac, dans ses *Contes drôlatiques,* qui ont fait donner au château son surnom, mais une petite histoire qui ne se peut raconter que derrière le rideau : « Jacques, fils de Jean, près de Baune, dont « à l'imitation d'aulcuns traictans il print le « nom, alors qu'il obtint la charge de feu roi « Loys unze », un soir, au détour d'une rue, faillit « aheurter une femme voilée qui lui « donna par les naseaux une bourrasque « superfine de bonnes odeurs de femme. « Jacques fut enamouré. » Or, cette femme n'était autre que la régente fille de Louis XI. Pour savoir de quelle manière Jacques sut gagner les bonnes grâces de la princesse, lisez Balzac. Il vous le dira sans vergogne. Du fait, résulta que Jacques obtint la réhabilitation de son père, tombé en grande disgrâce, et la possession du château d'Azay.

Le maître actuel du château arriva. Il nous exprima sa satisfaction de voir des étrangers autres que des Prussiens et nous fit visiter l'intérieur du château, admirablement meublé dans le goût du temps.

Tandis que nous gravissions les marches du bel escalier, qui va en spirale jusqu'au faîte de l'édifice, des Prussiens se croisèrent

avec nous. Aucun salut ne fut échangé.
— « Vous voyez, me dit le châtelain, dans
quels termes je suis avec eux. Je fais ce que
je suis forcé de faire strictement, mais si
leurs exigences allaient trop loin, voilà la
réponse. » Et le marquis de Biencourt laissa
voir un revolver pendu à sa ceinture.

M. Armand Nouzillet, négociant en vin, à
Rochecorbon, près Vouvray, où se fait de si
excellent vin blanc, m'accueillit en ami. Il
avait dû constamment héberger des officiers
et des sous-officiers allemands. Plus favorisé
que quelques-uns de ses voisins, il n'avait eu
qu'à s'en louer, autant du moins qu'on le peut
en pareil cas. L'un de ces officiers nous dit
un jour : — « Vous n'êtes pas organisés comme
nous et vous n'êtes pas patients ; vous vou-
drez recommencer trop tôt. — Je crois,
maintenant, nous dit un autre, que ça va être
le tour de se battre avec la Russie. » Il est
certain qu'on profitait des moments de loisir
des soldats pour leur apprendre la langue
russe.

Une petite anecdote née dans ces parages.
Un propriétaire se plaignit à l'officier qui habitait chez lui que ses soldats lui avaient volé
six poules. L'officier menaça ses subordonnés
d'une forte punition, si lesdits volatiles n'é-

taient pas venus reprendre le lendemain matin leur place accoutumée. Le lendemain l'officier amena son hôte dans la cour où picorait la volaille et lui dit : « Monsieur, votre compte y est-il ? — Oui, » dit l'autre charmé. — « Et ce sont bien vos poules ? » reprit l'officier. — « Oui, oui, » dit en hésitant le propriétaire. Il venait de s'apercevoir qu'on avait substitué aux siennes des poules volées ailleurs.

Les préliminaires de paix étant signés, nous quittâmes Tours le 4 mars. Les chemins de fer étaient bondés. Nous dûmes, sous peine de subir de longs retards, reprendre le cours de nos périgrinations pédestres.

La première étape nous mena à Villethiou, à 38 kilomètres de Tours. Ce n'était pas mal débuter; de plus, nous fûmes couchés tout comme si les préliminaires de paix n'avaient pas été signés et nous soupâmes de ce que nous pûmes, c'est-à-dire de peu de chose. Le lendemain nous étions à Vendôme.

Nous saluons en passant le dolmen de Fontaine, la tour carrée de Grisy et nous arrivons à Châteaudun.

Les faubourgs de Châteaudun, du côté par où nous entrâmes, n'étaient que ruines. Dans l'intérieur de la ville nos tristes yeux purent en contempler de nouvelles, plus grandes encore. Des rues entières, entre autres la rue principale, vaste et bondée naguère de riches magasins, avaient été badigeonnées de pétrole et incendiées. En sortant de cette héroïque cité je rencontrai un homme d'une soixantaine d'années, haut de taille, portant fièrement sa verte vieillesse. Ses yeux et sa voix étaient encore tout pleins de la colère qu'y avaient allumés les actes barbares de nos ennemis. Il nous raconta que ses fils étaient morts à ses côtés à la défense d'une barricade; lui-même, blessé, avait eu à subir les plus affreux traitements.

Puis, nous arrivâmes à Chartres où je restai longtemps à contempler une des plus belles basiliques que nous ait laissé le moyen âge. Mes yeux ne pouvaient se détacher de ces vitraux magiques qui font mouvoir, sous les arceaux gothiques, des fantômes de mille couleurs. Je ne savais qu'admirer le plus du portail principal que surmonte une vaste et grandiose rosace, ou des deux portiques latéraux, triples chacun, auxquels on aboutit par de larges degrés, disparates quoique symétriques et harmonieux, et dont chacun suffirait avec ses innombrables statuettes et ses colonnades aériennes si magnifiquement ouvragées, à faire la gloire d'un architecte et d'un sculpteur.

O petitesse de l'esprit humain livré à la su-
perstition! A côté de ces grandeurs de l'ima-
gination réalisées, au sein de ce monument
sublime de la pensée religieuse au moyen
âge, on voyait sur un petit fût, isolé entre
deux immenses pilastres, une madone vêtue
d'une robe de soie bleue, flambant neuf, non
moins qu'une bourgeoise du faubourg Saint-
Denis.

A Chartres, la voie étant moins encombrée,
nous obtenons le trajet gratuit par le chemin
de fer jusqu'à Paris. Nous vîmes avec douleur, dans notre rapide voyage, les environs
bouleversés, les forts détruits, et, sur ces ruines, errer le Prussien. Mais d'autres ont raconté ces choses du siège et les raconteront
qui en ont été mieux que nous témoins.

Mon cœur battait d'angoisse en entrant dans
cette héroïque capitale qui n'apparaissait que
comme un campement tumultueux.

Depuis plusieurs mois je n'avais reçu des
nouvelles de mes parents qu'une seule fois, à
Tours, d'une façon indirecte. En approchant
de ma demeure, je me demandais avec anxiété
si j'y retrouverais tous ceux que j'y avais
laissés!

A l'angle de la rue j'aperçus quelqu'un que je
ne reconnaissais pas tout d'abord. C'était mon

père. La fatigue et les privations du siège ont
altéré ses traits. Malgré ses soixante ans passés il avait voulu aussi se rendre utile; il s'é-
tait fait infirmier dans les ambulances de rempart. Ma mère, atteinte d'une affection grave de
la poitrine, n'avait survécu que grâce aux bons
soins de mon ami le docteur A. Jaubert. Fort
amaigrie aussi est ma sœur qui avait partagé
son dévouement entre sa mère et les blessés
recueillis dans les maisons voisines. Enfin,
ils y sont tous! Personne, ni parents ni amis,
ne manquent à l'appel. Un immense soupir
de soulagement et de bonheur dilate ma poitrine.

TABLE DES MATIÈRES

———

DAIGNY

NOS AUMONIERS

BLESSÉS

DE SEDAN A THIONVILLE

23

Paris. Imp. Paul Dupont, 24, rue du Bouloi, 653.1.88.My.